KB096563

우리 조금 더
행복해져도 될 것 같은데,

.

우리조금더
행복해져도
될것같은데,

행복은 딱 한 걸음의 거리

당신의 행복 3대 요소와 불행 3대 요소는 무엇인가요? 글쓰기 수업 중 이 질문을 던진 적이 있습니다. 내가 행복한 적이 언제였더라, 또는 불행을 느꼈던 날들을 떠올리며 각자의 답을 적기 시작했습니다. 질문을 준비할 때 저는 사람들의 답을 예상해보곤 합니다. 우리가 느끼는 불행의 척도와 요소는 사회적 기준에 따라 비슷할 것이며, 행복은 각자의 기억과 경험에 따라 다르지 않을까. 그게 제 예상 답변이었지요. 하지만 우리들이 적어낸 답은 정반대였습니다. 행복의 3대 요소는 주로 열심히 일하고 난 후 마시는 시원한 맥주 한 잔 또는 맛있는 음식이 가장 많았고, 뒤이어 몸을 움직이는 운동과 나만의 소소한 취미를 누리는 순간들이었습니다. 오히려 불행의 3대 요소는 가치관과 경험에 의해 다르게 적히더군요.

사람들의 대답을 들으면서 '행복, 되게 별거 없구나.' 그런 생각이 들었습니다. 성실하게 일을 끝내고 돌아오는 길에 시원한 맥주를 사고 돌아오는 저녁. 좋아하는 드라마를 보면서 맛있는 음식을 먹는 밤. 부지런히 몸을 움직이며 잡념을 쫓아내고 맑은 공기로 채우는 하루. 소소한 취미를 시작한 달. 신기하게도 행복은 대부분 지금 당장 할 수 있는 일들이었습니다. 한 걸음 내딛으면 잡을 수 있는 거리에 행복은 조용히 맴돌고 있었습니다.

「우리 조금 더 행복해져도 될 것 같은데,」는 그런 행복의 관점을 많이 닮았습니다. 나만의 취미, 잠시 쉬어가는 중, 좋아하는 일을 찾는 것, 나를 들여다보는 일, 하루를 살아내는 숨, 불현듯 찾아온 기억까지. 글 속의 주인공들을 만나면 안아주고 싶어집니다. 마치 책 제목이 우리를 위로해주는 것처럼 말이죠. 이 책을 통해 한 뼘 또는 한 걸음의 거리에 있는 당신의 행복을 발견하길 바랍니다.

부지런히 글을 쓰며 행복을 쫓는
김한솔이 작가 드림

차 례

여는 글   <u>4</u>

유효숙   숨, 쉼   <u>9</u>

윤 슬   50살엔, 하와이에서 서핑을!   <u>53</u>

상그레   잠깐 쉬고 싶은 거였지, 누가 백수가 되고 싶다했어   <u>91</u>

필 구   안식년입니다만   <u>137</u>

장세미   오늘의 주제는 '나' 입니다   <u>179</u>

김종민   안부   <u>217</u>

에필로그   <u>251</u>

유효숙

열 살 무렵부터 안경을 썼다. 더 어렸을 때부터 근시였을 것이다. 가까이 보아야 알아볼 수 있는 건 글씨만이 아니라는 걸 어쩔 수 없이 어른이 되었을 때 이해했다. 주머니가 많은 옷이 좋다. 몇 개가 있는지 모르는 주머니들은 세탁기에 들어갈 때가 되어서야 살아온 날의 기록을 꺼내놓는다. 글은 시간을 써 내려가는 일, 수십 년 살고 나니 시간을 들여다볼 용기가 생겼다. 나는 바람의 탄식을 쏟은 뒤 시간의 주머니에서 주름진 삶의 영수증을 꺼내 안경을 벗고 더 가까이 읽는다.

숨, 쉼

23번 부표

국화꽃이 후드득 떨어지고 있었다. 하얀 꽃송이들은 물 위에 잠시 떠 있다가 물결대로 흔들리며 멀어졌다. 소주병을 거꾸로 들고 쏟아붓는 이가, 캔맥주를, 청주를 쏟아붓는 이가 망자들의 취향을 짐작하게 했다. 더러는 빵이나 떡을, 과자를 작은 조각으로 떼어내 바다에 던졌다. 갈매기들이 쏜살같이 날아와 물고 날아갔다. 사람들은 죽은 자들이 돌아오기라도 한 듯, 갈매기들이 음식 조각을 채어 가는 것을 애절한 눈으로 바라보았다. 상복을 입은 젊은 여자는 선실 의자에 앉아 두 손을 가슴에 모으고 눈을 꼭 감고 있었다. 세현은 그녀를 보며 눈이 매운가, 손으로 눈두덩을 한 번 쓸었다. 이제 5분 후에 이 배는 회항합니다. 마지막으로 고인께 인사를 드리시고 마무리해 주시기 바랍니다. 선장이 안내방송을 하자 사람들은 서둘러 가지고 온 제주와 음식, 국화를 바다에 던졌다. 남김없이. 5분 후에 바다 성묘를 마친 배는 23번 부표 주위를 세 바퀴 선회하고 떠났다. 갈매기들은 얼마간 배를 따라오다가 흩어졌다.

　얼굴선이 섬세한 배우는 시종 사람들과 거리를 두고 감정이 흐트러지지 않도록 주의하는 모습이었다. 촬영을 위해 임대한 해양 장례식 배의 선장은 세현의 요구대로 실제 장례식 그대로 재현했다. 구성진 목소리로 상주들을 위로하고 망자를 애도하는 안내방송을 했다. 갈매기는 촬영용 장례 같은 건 아무래도 좋다는 듯이 뱃전에 다가왔다. 연신 눈물을 닦으며 바다로 국화를 던지는 엑스트라 배우들과는 조금 떨어진 곳에서 얼굴선이 고운 배우는 마른 손을 들어 이마를 한 번 쓸어내릴 뿐이었다. 카메라는 근접하여 배우의 표정과 손의 동선을 담았다. 컷! 좋아요. 세현의 오케이 사인이 떨어지자 그 장면은 엔지(NG) 없이 한 번의 촬영으로 끝났다. 마지막 씬이었다. 배우의 절제된 감정은 박제된 동물처럼 카메라 렌즈에 담겨 전시될 것이다. 부두로 돌아가는 선미 갑판에 서서 세현은 끝까지 배를 따라오던 갈매기 하나를 향해 빵조각을 던졌다. 공중으로 솟구친 빵조각이 포물선을 그리며 떨어져 내렸다. 노련한 갈매기는 한 번의 낙하로 빵조각을 물고 수직으로 비상했다. 잘 가, 세준. 세현은 소리 없이 작별 인사를 보냈다.

세현이 세준을 만난 것은 스무 살 때였다. 교양과목으로 수강한 영화학 개론 첫 시간에 강사는 이론은 자신이 맡을 테니 학생들은 조별로 5분짜리 영화 한 편을 만들어내라고 했다. 개론 수업에서 무슨 작품을 만드냐고 학생들은 반발했지만, 강사는 단호했다. 세현은 이름의 첫 글자가 같다는 이상한 이유로 세준과 같은 조에 묶였다. 그는 유복한 환경에서 부모의 사랑을 많이 받은 사람들 특유의 밝고 세련된 매너를 지녔다. 그 때문인지 세준은 늘 주위에 친구들이 많았고 특별히 사람을 가리지 않았다. 세현은 말수가 적고 낯을 많이 가렸다. 세준은 다섯 명의 조원 중 연출과 시나리오를 맡았다. 세현은 다른 조원들이 선택하고 남은 역할을 받았다. 그건 세현의 자취방을 촬영장소로 제공하는 일이었다. 아무 것도 하지 않는 것과 비슷했다. 대신 이틀간 방을 내어 주면 끝이다. 방이라고는 하지만 몇 가지 안 되는 옷을 걸어 놓은 행거와 속옷이나 양말을 담아 놓은 플라스틱 박스, 책상을 겸한 접는 밥상과 일인용 매트리스가 프레임 없이 방바닥에 누워있을 뿐이었다. 세현에게는 자신을 숨겨 줄 벽 네 개와 지붕이 있는 곳이면 충분했다. 사람의 흔적은 있지만, 온기는 없는 방이었다. 영화에 필요한 방도 딱 그 정도였다.

세현은 친해지긴 어려워도 일을 같이하기에는 나쁘지 않은 사람이었다. 장소제공 외에 맡은 역할은 없지만 세현은 소품을 챙기거나 촬영 뒷정리 같은 허드렛일을 알아서 했다. 세준은 그런 세현에게 적당한 거리와 공간을 두면서도 멀리하지는 않았다. 세준의 조금 특이한 행동은 영화 작업 중 틈틈이 자신의 필름 카메라로 사람들의 얼굴을, 더 정확히는 표정을 찍는 것이었다. 그렇게 세준의 카메라 렌즈에 잡힌 사람들에는 물론 세현도 포함되었다. 무심한, 무방비한, 무관심한 표정의 세현, 마주 보고 이야기하면서도 동공의 안쪽 초점은 어딘가 다른 곳으로 향해 있는 듯한 세현의 사진이 여러 장 있었다. 영화 작업을 하는 동안 세준은 조원들에게 친근하면서도 섬세하게 감정을 표현하고 자신의 의사를 전달했다. 세현은 그런 세준을 보면서 속이 좀 메슥거리는 것 같았다. 싫다는 느낌과는 다르지만, 무엇이라고 분명히 설명할 수 없는 거리감이었다. 세현은 세준이 자신과는 다른 종족이라고 분류했다. 조별로 완성된 작품을 상영하고 평가하는 시간을 끝으로 영화학 개론은 종강했다. 전공이 다른 세현과 세준이 다시 만날 일은 없었다.

세현은 대학에서의 첫 학기를 마친 뒤에도 가깝다고 할만한 친구가 없었다. 친구를 만들 필요를 느끼지 못했다는 것이 사실에 더 가까웠다. 외롭지도 심심하지도 않았다. 세현은 외로움이나 무료함을 느낄 여유가 없었다. 몇 차례 말을 붙여보려던 과 동기들도 거의 무반응이거나 놀란 토끼처럼 당황하는 기색의 세현에게 질렸는지 이후로는 세현을 존재하지만 존재하지 않는 어떤 상태로 간주했다. 아주 가끔 영화 작업을 함께 했던

진영이 세현의 자취방을 찾아와 거의 혼자 떠들다 가곤 했다. 방학이 되자 세현은 종일 아르바이트를 했다. 중고생을 대상으로 영어와 수학 과외를 했고, 주말에는 뷔페에서 서빙 했다. 세현에게 대학 생활은 서바이벌게임 같은 것이었다. 언어는 생존에 필요한 재화와 용역의 교환을 위해서만 사용가치가 있었다. 친교를 위한 대화는 세현에게 새로 산 구두를 신을 때처럼 뻑뻑하고 불편했다.

세준을 다시 만난 건 이듬해 여름방학이 거의 끝나갈 무렵이었다. 가을 학기 개강을 앞두고 세현은 뷔페 서빙을 한 번만 남겨두고 있었다. 슬라이스 연어를 가지런히 담은 큰 접시를 빈 접시와 바꿔놓은 뒤 몸을 돌리다가 세준과 마주쳤다. 세준은 어, 너!, 하며 반가움이 역력한 화사한 미소를 지었다. 세현은 일터에서 아는 사람을 만나는 걸 질색했다. 그런데 그때는 세현도 세준이 반가운 것 같기도 했다. 묻지도 않았는데 세준이 입대 전 송별회를 겸해서 가족과 식사하러 왔다고 했다. 아, 그래? 세현은 그 밖에 더 무슨 말을 해야 하는지 알 수 없었다. 많이 먹으라고 했던가, 입대 잘하라고 했던가,

어느 쪽이건 어울리는 말은 아니었다.

　세준은 신병훈련이 끝나고 휴전선 근처 어딘가로
자대배치를 받은 뒤부터 간간이 세현에게 손편지를 보
냈다. 조별 단편 영화를 찍을 때 세현의 자취방 주소를
기억한 듯했다. 세준의 편지에는 특별히 이렇다 할 내용
이 없었다. 단순한 안부나 지난 대학 생활의 감상을 적
어 보내곤 했다. 부잣집에서 곱게 자란 세준이 생애 처
음 경험하는 군대 생활의 고단함을 그렇게 편지를 쓰는
것으로 위안 삼고 있는지도 모른다고 세현은 생각했다.
너의 응석을 받아줄 여유가 없다, 나에게는. 세현이 답장
을 하는 일은 없었다. 여전히 사는 건 녹록지 않았다. 장
학금을 타려면 하루를 매우 잘게 쪼개어 써야 했다. 뷔
페 서빙은 그만두었지만 중고생 과외가 늘어났고 편의
점 야간 아르바이트도 했다. 답장을 요구하지 않는 편지
는 읽든 읽지 않든 받는 사람의 자유다. 세준의 편지들
은 뜯기지도 않은 채 방구석이나 책더미 위에서 몇 달이
지나기도 했다. 그래서 시간이 갈수록 세준이 편지를 보
내는 빈도가 잦고 거기에 더해 우울의 기미도 짙어지고

있다는 것을 세현은 알지 못했다. 애초에 세준과 우울이라는 단어가 어울리는 조합이라고 생각할 수 없었다. 가끔 사는 게 너무 지친다 싶을 때면 세현은 두 개의 벽이 만나는 모서리에 등을 기대고 쪼그리고 앉아 세준의 편지를 읽었다. 나에게도 이 퍽퍽한 세상에서 나가는 문이 열릴까, 그 문을 열 수 있는 사람은 태어나기 전에 이미 정해지는 것 아닐까, 이유는 알 수 없지만 세준의 편지는 세현에게 다른 세상과 통하는 문처럼 여겨질 때가 있었다. 대개는 아르바이트하는 편의점 사장의 핀잔을 듣거나 진상 손님과 말씨름을 했을 때, 과외가 갑자기 끊겼을 때, 그리고 엄마의 전화를 받았을 때였다.

엄마…. 세현에게는 엄마라는 음절 어디에서도 애착을 느끼지 못했다. 사람이 태어나 옹알이로 시작한 말이 처음으로 의미를 찾는 단어가 엄마라고 했나, 세현에게 엄마라는 단어는 모래알을 한 숟가락 퍼먹은 것처럼 입안이 서걱거리는 느낌을 주었다. 엄마는 언제나 세현의 안부를 묻는 전화를 '미안허다'로 시작해서 '미안허다'로 끝냈다. 지긋지긋하다, 세현은 속으로 진저리를 내곤 했다. 세현의 엄마는 세현의 목소리가 침울하면 엄마가 못나서 자식 고생 시켜 미안허다 했고, 밝은 목소리로 대답하면 씩씩하게 사느라고 얼마나 애쓰는지 안다고 한숨을 내쉬었다. 세현에게 엄마는 끊임없이 원망과 죄책감을 주는 대상이었다. 엄마의 전화를 받고 나면 며칠을 견디지 못하고 세현은 가진 돈을 털어 엄마에게 보냈다. 세현에게 돈을 요구한 적이 없었지만, 엄마는 가난하고 가련한 사람이었다. 엄마에 대한 양가감정을 떨쳐버릴 수 없을 때 세현은 세준의 편지를 읽었다. 읽었다기보다는 세준의 반듯반듯한 글씨를 손가락으로 한 획씩 따라 그렸다. 세준은 가벼운 안부나 훈련을 잘 받아서 상을 받았다든가 하는 군대 이야기를 더는 쓰지 않았다. 그 대신 언제부터인가 자신의 가족에 대한 심정을 내비치고 있었다.

세준에게는 두 명의 어머니가 있었다. 자식을 버린 생모와 자식을 얻은 양모. 베이비박스에서 생애 첫날을 맞은 세준은 운 좋게 인품 좋은 부부에게 입양되었다. 아이가 생기지 않는 문제만 빼면 양부모는 경제적으로도 안정되었고 부부 사이도 각별했다. 세준의 부모는 부부싸움을 거의 하지 않았다. 어쩌다 의견이 엇갈리면 부모는 방문을 닫고 들어가 한층 낮은 톤으로 서로에게 존대하며 대화를 했다. 싸움이라고 아무도 생각하지 못할 그런 완벽한 부부싸움이었다. 세준을 임신했을 때 밝디밝은 보름달이 품 안으로 떨어졌다고, 어머니는 세준의 태몽을 이야기하곤 했다. 그 표정은 대단히 뿌듯하고 자랑스러워 보였고 한 점 티 없이 지극한 모성애를 드러내는 것이었다. 세준은 자신이 '베이비박스 출신'이라는 사실을 중학교 때 알았다. 의도치 않게 친구들의 패싸움에 휘말려 경찰 조사를 받고, 학교에 부모가 호출당하는 일이 몇 차례 있었다. 그 일로 세준의 부모는 몹시 당황했던 듯 방문이 완전히 닫히지 않은 걸 알아차리지 못했다. 세준을 어떻게 키울지에 대해 부모는 밤늦도록 길고 긴 대화를 했다. 그 대화의 어디쯤에서 베이비박스라는 단어가 튀어나왔다. 세준은 자신이 그때 문밖에 서 있었다는 걸 누구에게도 말하지 않았다. 그즈음부터 세준은 사람들의 얼굴을 클로즈업해서 찍기 시작했다. 눈은 웃고 있는데 입은 꼭 다문 사람, 입은 웃고 있는데 눈꼬리

는 차갑게 식은 사람, 어딘지 슬픔의 그늘이 있지만, 잇
몸을 드러내며 활짝 웃는 사람, 그리고 아무리 가까이
들여다보아도 아무것도 없는 텅 빈 눈동자를 가진 사람
- 세현. 세준은 세현의 빈 얼굴에서 가끔 어머니의 쓸쓸
한 눈동자를 찍어내곤 했다.

세현은 세준의 편지에 동봉된 사진들을 보았다. 사
진 속 세현의 표정이 흑백의 음영 속에 차갑게 느껴졌
다. 세현은 사진 속의 여자에게도 따뜻한 심장이 있다고
상상했다. 자신의 얼굴을 오려 종이 위에 놓고 팔다리와
몸통을 그리고 빨간 볼펜으로 심장을 칠했다. 우스꽝스
러운 콜라주를 보는데 사진 속의 여자가 피식, 조금 웃
는 것 같았다. 세현은 사진에 관해서는 고맙다고 답장을
해야 하나 얼마간 생각을 했으나 세준에게 사진을 찍어
달라고 부탁한 적이 없다는 사실을 상기했다. 그러자 고
맙다는 말이 생뚱맞은 것 같았고, 설령 고맙다 쓴다 한
들 그 외에 세준과 무슨 말을 나눌 수 있는지 막연했다.
세준이 보낸 편지들은 세준의 독백일 뿐, 그것은 침묵의
다른 이름이었다. 세준은 세현에게 사진을 보낸 것을 끝

으로 더는 편지를 보내지 않았다. 세현은 세준의 편지가 끊긴 이유가 궁금하지 않았으며 한편으로는 잘됐다 싶기도 했다. 벽과 벽이 만나는 모서리에 기대어 세준의 편지를 열어볼 일도 없어졌다.

　　세현은 대학을 졸업하고 첫 직장에서 만난 남자와 결혼했다. 그것은 엄마의 미안허다라는 말의 덫에서 놓여나는 동시에 그 말에 눌어붙은 비굴함도 걷어내는 가장 확실한 방법이었다. 무슨 근거에서인지는 몰라도 세현의 엄마는 대단하고 아깝기 그지없는 딸을 사위에게 보낸 당당한 장모가 되었다. 새벽 여섯 시에 세현에게 전화를 걸지도 않았고, 다녀가라 채근도 하지 않았다. 세현은 남편을 닮은 딸을 낳았다. 사는 게 행복하다고 느꼈다. 딸을 키우며 세현은 엄마를 용서할 수도 있을 것 같았다. 몇 년 지나 다시 딸이 태어났다. 세현은 조금 더 행복해졌다고 느꼈다. 둘째 딸이 백일이 되었을 때 세현은 지인들을 초대했다. 그 자리에서 거의 유일한 대학 친구 진영이 건너 건너 들었다며 세준의 죽음을 말했다. 제대 앞두고 말년 휴가를 나와서 교통사고를 당했다고.

한밤중에 술에 취해 무단횡단하다 트럭에 치여 그 자리에서 죽었다는데, 이상한 건 세준의 부모가 끝내 나타나지 않았다는 것. 진영이 안타까운 표정으로 덧붙였다. 친구들이 바다장을 치러줬다더라. 세현은 세준이 사진과 보낸 마지막 편지에서 맥락이 맞지 않던 문장을 기억해냈다. 누군가 이 세상에 존재했다는 걸 어떻게 증명할까. 세현, 너는 조금 더 행복해져도 괜찮을 것 같은데, 어때?

세현은 일기를 쓰듯 일상을 카메라에 담았다. 잠든 딸의 말간 얼굴에 난 몽실몽실한 솜털, 헐렁한 반바지와 슬리퍼를 신고 딸의 자전거를 밀어주는 남편의 뒷모습, 숟가락으로 밥을 퍼서 얼굴에 반을 쏟는 딸의 함박웃음. 카메라만 보면 손가락을 머리에 대고 더듬이처럼 브이(V)를 만드는 딸들의 모습. 입학하고 졸업하고 생일을 맞고 새해를 맞이하는 날들이 책갈피처럼 사이사이 꽂힌 사진과 영상들이 외장하드에 담겨 유리장을 차곡차곡 채웠다. 세현의 마음에 가족의 이름을 딴 방들이 늘어났다. 그 방들은 사람의 온기가 돌았다. 그리고 잊은

듯이 살아도 잊지 않고 있는 방 하나, 벽과 벽이 만나는 모서리에 기대어 세준의 편지를 읽던 그 방을 세현은 기억했다.

　두 딸이 손이 많이 가는 시기를 지나자 세현은 틈틈이 시나리오를 쓰고 단편 영화를 만들었다. 다른 어느 것보다 시나리오 구상에서부터 긴 시간 고심하고 수정하기를 거듭했던 작품이 한 독립영화제에서 상영되었다. 세현은 어두운 객석에 앉아서 얼굴선이 아름다운 여자가 마른 손바닥으로 이마를 쓸어내리는 장면을 보고 있다. 대사는 없다. 여자는 상복을 입었다. 여자의 고요한 눈을 오래 들여다보던 카메라가 멈추고 이윽고 화면이 암전된다. 침묵. 갈매기들이 높이 날아가며 빈 바다 위로 엔딩 타이틀이 천천히 올라가기 시작한다. 고마웠어, 세현이 세준에게 보내지 못한 답장 한 줄이 화면에 떠올랐다가 국화처럼 흘러간다. 23번 부표 주위를 세 바퀴 돈 배가 부두로 돌아가고 있다. 〈끝〉

선택적 함묵

　"아이스아메리카노 한 잔, 테이크아웃으로요." 하
진은 계산대에 있는 직원에게 주문하면서 신용카드를
건넸다. "저기, 소리 엄마 아녜요? 맞죠?" 하진은 말소
리가 나는 쪽을 바라보았다. 마스크를 써서 외꺼풀의 두
눈만 보이는 계산대의 직원이 눈으로 웃으며 자신을 바
라보고 있었다. 하진은 누구지?, 의아했다. "나, 경은이
엄마예요. 목소리가 딱 소리 엄마 같더라구." 목소리를
기억하는 사람이라니, 누군가? 목소리로 기억되는 사람
일 만큼 하진의 음성은 튀지 않았다. 높지도 낮지도 않
고 빠르지도 느리지도 않은 평범한 사람들의 말씨다. 하
진은 자신을 바라보는 외꺼풀의 웃고 있는 눈매와 방금
들었던 목소리를 조합하여 기억을 더듬었다. 아닌 게 아

니라 두 눈만 보이는 중에도 그 눈매와 목소리가 맞다, 경은 엄마다! 피차 마스크 위에 이마와 눈만 내놓고 있는데 목소리만으로 사람을 알아봤다니 놀라웠다.

"반갑네! 소리는 뭐해요? 소리 동생은? 지금 어디 살아요?" 경은 엄마는 마치 주문을 받듯 하진의 근황을 물었다. 무방비 상태인 하진은, "소리는 결혼했고, 아리, 소리 동생은 공무원이에요. 동천동 살아요. 동천동 세영 아파트.", 메뉴판에서 메뉴를 고르듯 대답했다. 그러면서 한 발을 옆으로 옮겼다. 하진의 뒤에 서 있던 사람이 계산대 앞으로 바짝 다가섰다. 경은 엄마는 서둘러 하진의 전화번호를 묻고 포스트잇에 받아적은 뒤 곧 통화하자고 말했다. 경은 엄마와의 대화는 채 일 분도 걸리지 않았다. 하진은 옆으로 긴 카운터 끝에서 주문한 아이스 아메리카노를 받아 주차장으로 갔다. 손에 든 투명 플라스틱 컵 안에서 네모진 얼음이 칠월 한낮의 더위에 어쩔 줄 몰라 하며 흔들리고 있었다. 하진은 의식하지 못한 채로 차의 시동을 걸고 카페 주차장을 벗어나 조금 전에 경은 엄마에게 말한 동천동 세영아파트를 향해 차를 몰았다.

경은 엄마는 하진이 결혼 후 처음 분양받은 아파트의 같은 동에 입주한, 하진의 딸들과 같이 고만고만한 남매를 둔 이웃 여자였다. 당시 그 아파트 단지의 여자들은 대부분 전업주부였다. 단지 안으로 순회하는 유치원 버스에 아이들을 태워 보내고 나면 오전 한나절 이집 저집으로 옮겨 다니며 음식을 해 먹고 수다를 떨거나 무리 지어 쇼핑했다. 소액의 계도 결성해서 매월 곗돈 잔치도 했다. 어떤 집성촌처럼 살림살이와 삶의 내력까지 속속들이 공유하게 되었다. 비 오는 날이면 모여 앉아 김치전을 부치는 사이 축축하고 끈적한 부부 얘기가 흘러나오기도 했다. 열 명 남짓, 그렇게 일 년여를 지내면서 하진은 점차 지쳐갔다. 너무나 많은 말들이 마음에 눌어붙었다. 그것은 활자 중독자가 버리려고 내놓은 신문지 묶음을 발견하는 것과 같았다. 읽고 싶지 않은데도 읽고야 마는.

"애들이나 잘 키우지, 시는 무슨!" 남편의 마뜩잖아

하는 힐난에도 하진은 백화점 문화센터에서 시 창작 수업을 받기 시작했다. 긴 이야기의 단락과 문장, 어휘를 압축해서 단 하나의 시어를 건져내는 일, 시를 쓰는 작업은 하진에게는 살림살이와 육아, 이웃 여자들과의 무의미한 수다로 빽빽하던 마음에 비로소 여백을 갖게 하는 경건한 의식이었다. 그 여백이 내포한 선택적 함묵을 하진은 사랑했다. 그것은 말하고 싶지 않아서가 아니라 말할 수 있을 때와 대상을 정확하게 알고, 말하고자 하는 바를 비유와 상징의 보자기에 정성스럽게 감싸 소중한 사람에게 보내는 선물 같은 것이었다. 하진은 자연스럽게 아파트 단지 여자들의 모임에 빠지는 날이 많아졌고, 시간이 조금 더 흐른 뒤에는 의례적인 안부를 묻는, 말 그대로 그냥 이웃이 되었다. 하진이 그 아파트에서 삼 년을 살고 떠난 이후 그때 그 이웃들과 다시 만난 적은 없었다. 하진은 그들의 이름을 잊었다.

그 시절의 경은 엄마를 불시에 맞닥뜨리고 보니 하진도 처음에는 반가웠다. 그러나 카페 주차장을 떠나면서부터 이유를 알 수 없는 불편감이 느껴졌다. 그것은 복부에서 가슴께로 스멀스멀 기어올라 목젖 부근에서 가벼운 멀미를 일으켰다. 하진은 길눈 어두운 사람처럼 생각의 미로를 헤매다 문득 아파트 주차장에서 후진으로 차를 세우고 있는 자신을 발견했다. 삼십 년을 운전했어도 주차는 늘 매끄럽지 못하다. 하얗고 굵은 직사각형의 선을 밟지 않고 좌우 여백을 균등하게 맞춰 차를 넣는 일은 긴장을 유발한다. 하진은 이맛살을 찡그렸다.

경은 엄마 탓은 아니었다. 그녀는 성격이 무던하고 원만해서 하진이 마음 편히 대하던 사람이었다. 하진과 비슷하게 어느 시점이 되자 경은 엄마도 몰려다니며 오전 시간을 보내는 것에 싫증을 냈다. 유치원 등원 시간에도 아이들만 내보내고 며칠씩 안 보이는 날도 있었다. 나중에 만나게 되면 한동안 우울해서 누워만 있었다고 했다. 다른 사람들과는 달리 속내를 나누던 경은 엄마는 하진에게 좋은 사람으로 기억되었다. 그러니 왁자한 동네 맛집에 철퍼덕 마주 앉아 볼이 미어지게 쌈밥을 먹으며, 와하하 거리낌 없이 수다스럽게 재회의 반가움을 나누어도 좋을 것이었다. 다음날에, 아니 당장 그날 저녁에 만나자 했어도 이상할 게 없었다. 그러나 하진은 그해후가 달갑지 않았고, 그런 자신의 마음에 이는 이물감 때문에 경은 엄마에게 미안했다. 무엇 때문인가, 하진은 명치 끝에서 느껴지는 진득하고 눅눅한 무게감의 원인에 대해 자신에게 물었다. 하진은 경은 엄마로부터 연락이 없기를 바랐다. 그녀의 연락처를 받지 않았으니 모르는 번호로 전화가 오면 받지 않을까도 생각했다. 두 가지 생각이 모두 자연스럽지 않았다. 이렇게 심각해질 것은 또 뭔가, 하진은 자신이 어이가 없었다.

그날 아침 하진은 시 창작 수업을 했다. 어지간하면 대중교통을 이용했는데 그날은 개강 수업이어서 교재와 강의자료, 노트북까지, 챙겨야 할 짐이 많아 차를 운전해서 인성대 평생교육원까지 갔다. 열다섯 명의 수강생들은 나이와 직업이 다양했다. 대학 때 하진은 오리엔테이션을 쓸데없이 길게 하는 강의를 싫어했다. 앞으로의 수업에 대해 너무 상세하게 설명하는 것은 기대할 게 없게 만들어서 첫 수업을 듣고 수강 변경하기를 주저하지 않았다. 하여, 하진은 자신의 수업에서 전체적인 개요만 알려주고 수강생들이 채워갈 빈칸을 남겨두는 식으로 진행했다. 빈칸을 받으면 나이가 많은 사람들은 질문이 많았고 젊은 사람들은 호기심을 숨기며 관망했다. 빈칸은 수강생이 쓴 시가 되거나 시에 소리를 입힌 노래가 되기도 했고, 더러는 장문의 시평이 되기도 했다. 대체로 사람들은 자신이 직접 무언가를 해내거나 어떤 역할이 주어지는 걸 좋아했다.

젊은 날 하진은 문예지에 시로 등단한 뒤 두 권의 시집을 냈다. 어떤 날은 쓰라리고, 어떤 날은 뭉근히 저리며, 또 어떤 날은 얼음장을 얹어 놓은 듯 시린 아픔을 딛고 나오는 시의 싹들을 보았다. 그러나 계속해서 살뜰히 돌볼 수 없었다. 그 후 시를 쓰지 않는 시 창작 강사로 살았다. 시에서는 돈이 나오지 않았으나 시를 가르치면 돈을 받을 수 있었다. 전공 서적과 논문들, 교재와 수강생들의 습작시 속에서 하진은 자신의 감수성을 탈수하여 동결했다. 금속 활자판 같은 가슴에서 무채색의 클리셰를 찍어내곤 했다.

"아이스아메리카노 좀 부탁해." 딸 아리의 전화에 하진은 운전 중이라 커피를 살 수가 없다고 했다. 시 창작 수업을 마치고 집으로 돌아오던 길이었다. 차는 이제 막 고속도로를 나와 나들목의 회전 도로를 달리고 있었다. 하진은 문득 회전 도로가 끝나는 부근에 있는 카페 광고판이 생각났다. 커피를 마시고 싶다는 딸을 그 광고판 앞에 내려준 적이 있다. 하진은 광고판 옆으로 난 비포장도로로 차를 몰았다. 오백 미터쯤 들어가니 도시에 이런 곳이 있었나 싶은 시골 풍경이 나타났다. 길의 끝에 쇄석이 깔린 넓은 주차장이 있고 주차장과 의도적으로 거리를 두고 세운 듯한 이 층 건물의 카페가 있었다. 엄마가 좋아할 만한 분위기야. 커피 맛도 괜찮고. 딸이 얘기했을 때, 언제 한 번 같이 가, 하진은 대충 그렇게 말했던 것 같다. 차를 운전하지 않았다면 경은 엄마가 일하는 그 카페에 갈 일도 없었을 것이다. 경은 엄마를 만날 일도 없었을 것이고. 일어나지 않으면 어땠을까 하는 가정들이 하진의 머릿속에 반복해서 떠올랐다. 이미 일어난 일을 되짚어가며 생각의 마디마다 딴지를 걸었다.

다음 날 오후, 휴대폰으로 낯선 번호의 전화가 왔다. 하진은 직감으로 경은 엄마라는 걸 알았다. 받지 않았다. 나중에 보니 문자와 카카오톡 양쪽에 서로 다른 내용의 질문들이 들어와 있었다. 그것은 마치 빈칸을 받아든 수강생들이 하진에게 쏟아놓는 질문 같았다. '아무튼 소리 엄마, 우리 언제 만나서 긴 얘기 해요.' 경은 엄마는 질문이 끝나는 곳에 듣고 싶은 이야기가 많다는 뜻을 분명히 전달했다. 하진은 그것이 경은 엄마가 하진에게 채우라고 내미는 빈칸이라고 생각했다. 하진은 그제야 가슴께 들러붙어 있던 녹진한 불편감의 이유를 이해했다.

하진은 그 아파트를 떠나올 때 누구에게도 이별의 인사를 하지 않았다. 야반도주하다시피 이사한 뒤 다시는 그 동네에 가지 않았다. 의료기기 수입 판매를 하던 남편의 사업은 IMF의 직격탄을 맞았다. 게다가 믿었던 지인에게 아파트를 담보로 사업자금을 융통해 준 일은 사람도 돈도 잃는 뼈아픈 상처를 남겼다. 엄마, 저 아저씨들이 왜 우리 컴퓨터에 스티커를 붙여?, 다섯 살이던 딸 아리의 질문에 하진은 대답하지 못했다. 두 명의 집행관은 아파트의 벽과 그 벽 안에 있는 사람을 제외한 나머지 물건에 빠짐없이 빨간딱지를 붙였다.

경은 엄마가 내민 빈칸에 들어갈 정답이 있다면 그때의 장마 같은 이야기라고 하진은 생각했다. 경은 엄마와의 만남은 그 빈칸을 채워야만 이어진다는 것도 알아차렸다. 하진은 이제는 웃으며 말해도 될 만큼 지난 일이라고 생각했다. 실제로 웃으며 말하기도 했다. 때와 상대를 선별해서. 하진은 카톡 대화창에 한 글자씩 입력했다. 오타 나지 않게 주의를 기울이며, 천천히. 경은 엄마, 저도 반가웠어요. 아이들이 어느새 커서 우리가 처음 그 아파트에 입주하던 나이만큼 됐네요. 세월 빨라요. 전염병 잠잠해지면 연락 드리지요. 〈끝〉

다단계 인간

오전 아홉 시부터 두 시간의 자원봉사활동이 끝나면 봉사자들은 사랑방이라는 휴게실에서 차를 마시며 이야기를 나눴다. 사무장이 그 자리에서 나를 소개해주고 자리를 떠났다. 사람들은 친절한 미소를 지어 보였다. 그중 한 사람이 자기 옆의 의자 등받이를 손으로 톡톡 치며 나에게 앉으라고 눈짓을 했다. 주로 장애가 있는 노인들이 생활하는 '숲속의 아늑한 집'에서 봉사자들은 노인들의 말벗이 되거나 목욕이나 이발, 세탁 등을 돕고, 각자의 경력이나 특기를 나누어 매일 프로그램의 일부를 맡아 운영하기도 했다. 나는 시각장애 노인들에게 책을 읽어주는 일을 했다. 한 번에 삼십 분을 넘기지 않는 분량으로 기승전결이 분명하고 해피엔딩의 이야기를 골랐다. 그날은 5년 전 내가 그곳에서 책 읽어주는 봉사를 시작한 첫날이었다.

숲속의 아늑한 집을 찾아가는 것은 생각했던 것보다 고단한 노정이었다. ○○시까지 시외버스를 타고 세 시간을 간 뒤, 다시 하루 네 번 다니는 농촌 마을버스의 시간을 잘 맞춰 타고 40여 분 시골길을 달렸다. 버스에 내려서도 십 분을 더 걸어 마을이 끝나고 산으로 올라가는 구릉이 시작되는 곳에 이르자 솔숲에 둘러싸인 요양원이 있었다. 해가 산을 넘어가려는 저녁 가까운 시간에 도착했다. 사무장이라는 사람이 일종의 오리엔테이션처럼 매일 프로그램과 내가 할 일, 묵을 방과 식사 등에 대해 간단히 안내했다. 그곳에 가기 삼 개월 전 나는 퇴근길에 덤프트럭에 받혀 죽을 고비를 넘겼다. 몸이 멀쩡한 게 믿기지 않는 사고였다. 한동안 임사체험과도 같은 악몽에 시달릴 정도로 사고의 후유증은 마음을 흔들었다. 의사는 외상 후 스트레스장애라는 진단을 내렸다. 신경안정제와 수면제가 포함된 한 달 치 약을 처방해 주면서 공기 좋은 곳에 가서 휴양하기를 권했다. 가서 노인들에게 책이나 좀 읽어드리고 쉬어. 딴 거 열심히 하려 들지 말고. 사정을 아는 친구가 아는 사람을 통해 그곳을 소개해주었다.

임순덕과 이강해는 그곳에서 만났다. 이강해는 첫날 사무장이 나를 소개할 때 자기 옆자리 의자를 가리키며 앉으라고 친절을 보인 사람이었다. 그날 임순덕은 사무장이 나를 소개하고 자리를 떠나자마자 잠시 끊긴 화제를 잇기라도 하듯이 커다란 쇼퍼백에서 커피며 영양제 등을 꺼내 이강해와 다른 사람에게 건네주었다. 그들은 물건값을 확인하고 지폐를 꺼내 임순덕에게 주거나 휴대폰으로 계좌이체를 했다. 그러는 동안 임순덕은 마치 구구단을 외는 아이처럼 물건의 성능과 효과를 줄줄 말했다. 사람들은 익히 들어 잘 알고 있다는 듯 건성으로 고개를 끄덕였다. 임순덕이 건네준 커피 상자 겉면의 그림을 들여다보는 이강해는 한 눈에도 부유한 티가 났다. 개량 한복 절바지 차림인데도 바짓단의 꾸밈이나 시접의 바느질이 꼼꼼하고 천의 재질도 고급스러웠다. 엷은 화장을 하고 세련된 어조로 조곤조곤 말하지만 태어날 때부터 가졌던 듯한 자신감이 표정과 몸짓에서 느껴졌다. 임순덕은 이강해를 언니라 불렀다. 이강해는 임순덕에게 말을 놓았다. 두 사람은 자매처럼 막역해 보였다.

물건과 돈이 오가고 사람들은 잊고 있던 차를 마셨다. 임순덕은 더는 설명할 상품이 없는지 새로운 화제를 꺼냈다. "우리 애들 둘 다 어제부터 편의점 알바 시작했어요. 애들이 용돈 벌이라도 하겠다고 해서 보호자 사인해 줬네요. 공부에 취미 없는데 일찌감치 세상 공부하는 것도 나쁘지 않을 것 같아서요. 마침 집 근처 편의점에서 주말 알바를 구한다길래 그러라 했어요." 임순덕은 사람들을 차례차례 둘러보며 자랑스러운 표정이었다. 이강해는 임순덕의 말에 시큰둥했다. 내 옆에 앉은 젊은 여자는 나이 든 사람들의 대화에는 끼어들지 않는 게 좋다는 듯 조용히 차를 마시며 휴대폰을 들여다보고 있고, 집에서 이것저것 반찬을 가져와 노인들의 밥시중을 들던 백발의 할머니가 임순덕에게 고개를 끄덕여주었다. 이강해는 할머니를 바라보다가 마지 못한 듯 고개를 돌려 임순덕에게 눈길을 주었다. "아, 그래? 잘했네. 요즘 부모들은 자식들에게 일찌감치 경제교육을 한다고는 하더라." 말을 마친 이강해는 임순덕에게 할 도리는 다했다는 듯 다시 할머니를 보며, 목덜미가 자꾸 굳는 게 자신의 몸이 심상치가 않다, 요즘은 아침에 일어나 씻기만 하고 나오는데도 게으름을 피우게 된다는 둥 하소연을 했다. 할머니는 이강해에게도 넉넉하게 고개를 끄덕여 주었다. 별말은 없었다.

이강해는 이번에는 나에게 관심을 보였다. 어디 사는지를 묻더니, 그 동네 아파트값이 많이 올랐더라며, 자기 지인 몇몇도 부동산 하락장 바닥일 때 갭투자 해놓고 묻어둔 게 몇 채 있다고 했다. "돈은 정보력이에요. 정보력은 부지런해야 얻을 수 있죠. 그 말 있잖아요, 그, 가난한 사람은 가난한 이유가 있다고, 그 말이 딱 맞는 말이에요. 세상 탓, 정책 탓을 하는데 그게 다 자기변명이죠." 이강해의 '경제론'에 따르면, 가난한 이유는 게으름이었다. "얘는 게을러요." 갑자기 이강해는 옆에 있는 임순덕을 똑바로 바라보며 두 번 더 같은 말을 했다. "니는 게으르다고, 게을러빠졌어." 임순덕은 난데없이 뒤

통수를 가격당한 사람처럼 말문이 막힌 듯 대꾸가 없었다. 그러나 임순덕과 마주 보고 앉아 있던 나에게는 그이의 눈 속에 반짝 불꽃 같은 게 일었다가 순간적으로 흐릿한 미소로 변하는 게 보였다. 임순덕은 벽에 걸린 시계를 보더니, 수업하러 가야 한다면서 가방에서 비타민 캔디를 꺼내 모두에게 하나씩 나눠주고 서둘러 떠났다. 그 캔디 역시 팔고 있는 상품인 듯 업체 로고가 선명하게 새겨져 있었다. 그 자리에 있던 사람들도 각자 볼일이 있다며 자리를 뜨고 이제 남은 사람은 휴대폰에 빠져있는 젊은 여자와 노인, 그리고 나와 이강해뿐이었다. 임순덕이 떠나자 이강해는 아까 못다 한 말이 있다는 듯 임순덕에 대한 말을 하기 시작했다. 동생처럼 생각하는 임순덕에 대한 걱정이고 악의는 없다고는 해도 그건 분명히 뒷담화였다. 이강해는 마치 당신들이 꼭 알아야 할 사실이라도 된다는 듯, 단어별로 강세를 두어가며 말을 했다. 이강해의 요지는 이러했다.

임순덕은 이혼한 뒤 혼자 연년생 남매를 키우면서 정신을 못 차리고 있다. 애들 키우는 돈도 만만치 않은데 노후 준비도 전혀 없다. 지금 방문 영어 수업도 학생이 몇 안 되는 것 같고 그래서 다단계 물건 판매와 보험 영업까지 한다는데 저리 뜬구름 잡듯 돌아다니기만 해서는 돈 벌기 어렵다. 수업도 몇 군데 없는데 들어보니 이집 저집 옮겨 다니는 시간만 해도 세 시간이 넘게 걸린다. 우리처럼 아는 사람 연줄로 물건 파는 것도 한계가 있고 보험영업도 얼마 전에 시작해서 아직 배우는 수준이다. 여기 무슨 대단한 물주가 있는 것도 아니잖냐. 요즘 엄마들 누가 자기보다 열 살 이상 많은 오십 대 영어 선생님을 좋아하느냐, 어린애들일수록 젊고 예쁜 선생님 따른다. 거기다 해외 유학 다녀와서 네이티브수준의 영어 강사들이 넘쳐난다. 임순덕은 나이도 많고 외모도 그만 못한데 어쩌려고 저러고 다니는지 모르겠다. 이혼하고 친정어머니 도움을 많이 받았는데 중풍으로 돌아가셨다고, 그게 마음에 남아 여기 와서 어르신 말동무 한다는데 한두 번이면 됐지, 당장 먹고사는 문제도 해결 못 하면서 한 시간씩이나 걸려 여기 왔다 가면 오전 시간은 다 보내는 것 아닌가. 나야 자식 다 컸고 여기 오는 게 소일거리지만 임순덕은 아니다. 시내 큰 마트 계산원하면 다달이 고정수입으로 월 이백은 받는다. 말해도 못 알아먹는다. 이강해는 쯧, 혀를 한 번 차고는 말을 끝냈다.

나도 모르게 오십 대 초반의 평범한 외모의 임순덕을 떠올렸다. 동그란 얼굴에 도톰하게 살집이 있는 눈두덩 때문에 쌍꺼풀진 눈매가 가려서 그렇지 어찌 보면 귀여운 인상이라고 할까. 뭉툭한 코와 돌출된 입 때문에 사실 흔히 말하는 예쁜 얼굴이라고 하기는 어려웠지만 나는 임순덕이 그리 밉상은 아니라고 생각했다. 오히려 그 때문에 처음 만나는 사람도 경계심을 품지 않게 하는 얼굴이었다. 이강해의 말을 듣고만 있던 젊은 여자가 한마디 거들었다. "그래도 석사까지 했다던데요." 이강해는 말도 안 된다는 듯 고개를 저었다. "내 알기론 전문대 나왔다." 임시로 며칠씩 들고나는 나와 같은 자원봉사자들과는 달리 임순덕과 이강해는 거의 매일 그곳에서 노인들의 말벗을 한 지가 1년 가까이 되었고 둘은 서로 흉금을 털어놓는 사이라고 했다. 때마침 바지 주머니에 든 휴대폰이 진동해서 나는 밖으로 나왔다. 이강해의 말을 듣는 동안 내내 불편한 자리를 어떻게 벗어날까 궁리하던 참이었다.

　다음날 임순덕은 전날과 비슷한 시간에 숲속의 아늑한 집에 왔다. 이강해는 나타나지 않았다. 전날의 젊은 여자와 백발이 고운 할머니는 바쁜 일이 있다면서 두 시간의 봉사활동을 끝내자마자 돌아갔다. 임순덕은 그날은 오후까지 별다른 일정이 없다며 나에게 점심을 사겠다는 제안을 했다. 한적한 시골의 차선 없는 좁은 도로를 따라 어딘가 한참 걸어가자 주위 풍경과는 어울리지 않는 화려한 펜션과 식당이 즐비한 동네에 이르렀다. 임순덕은 그 중 TV 방영 맛집이라는 광고가 요란한 감자옹심이 전문 식당에 들어가며 이 집 음식이 괜찮아요, 라고 했다. 그이가 권하는 대로 나는 감자옹심이를 주문했다. 전날 이강해의 뒷담화 자리에 함께 있었던 이유로해서 나는 마치 공범이라도 된 듯 임순덕의 눈치가 보였다. 그 때문에 식사 제안도 받아들였다. 어제 처음 만난 사람에게 밥을 얻어먹는 게 좋을 리 없었고, 다단계 판매원이며 보험설계사인 임순덕의 호의가 의심스러웠지만 어쩐지 그이에게 친절해야 할 것 같았다. 물론 식사 제안에 제가 살게요, 말은 했다. 임순덕은 손님인데 자기가 대접하는 게 맞다고 주장했다. 거듭 사양하기도 뭣해서 나는 속으로 떠나기 전에 밥 신세를 어떤 식으로든 갚기로 했다. 식당까지 걷는 동안, 그리고 뜨거운 감자옹심이를 식혀가며 먹는 동안, 나는 그이의 말에 진지하게 관심을 기울여 듣고 맞장구를 쳤다.

임순덕은 전문대를 나온 뒤 독학사로 영어를 공부했으며 내친김에 대학원에도 들어갔는데 석사학위가 그다지 쓸모가 많지 않다는 걸 깨닫고는 그만두었다고 했다. 방문 영어 강사를 오래 하다가 업체와 나누는 수수료가 아까워 독립한 지 오 년이라는 말에 나는, 그럼 지금 어쨌든 대표님이신 거네요, 추임새를 넣었다. 임순덕은 고개를 저었다. 업체 등록하지 않고 홀로 영어 강사라며 학부모들이 알음알음 연결해주어 수업은 꾸준히 있지만, 이동 거리가 멀어 자동차 기름값 제하고 나면 남는 건 별로 없다고도 했다. "거의 자원봉사예요. 오래 가르친 애들은 부모들과의 인연도 끈끈해서 인간적으로 그만둘 수가 없네요." 임순덕의 말에는 숨길 수 없는 피로와 회의감이 느껴졌다. 수입을 늘려볼 요량으로 다단계 판매와 보험영업을 시작한 것이 석 달 전인데 아직은 배우는 수준이라고 순순히 인정했다. 건강하기만 하면 죽을 때까지 할 수 있는 일이라고도 했다. 그이는 한 번도 다단계라든가 보험상품을 판다고 말하지 않았다. 고객에게 필요한 재화와 서비스를 매개하는 역할로서의 자기 일에 대한 희망과 자부심을 보이는 것도 잊지 않았다. 교육을 단단히 잘 받은 초짜 영업사원이구나, 생각이 미치니 구구단 외우듯 상품 홍보에 열중하던 임순덕이 이해되었다.

"대단하시네요. 어쩌면 그렇게 부지런하세요?" 말을 꺼내 놓고는 나는 아차 싶었다. 임순덕은 "닥치면 다하게 되어 있어요." 대답했다. 그 말끝에 생각난 듯, "아참, 어제 강해 언니가 나한테 게으르다고 했는데 왜 그런 말을 하는지 물어보질 못했네요." 하면서 나를 빤히 쳐다보았다. 넌 알고 있지? 묻는 거라고 나는 생각했다. "전 두 분이 자매처럼 친해 보여서 두 분만 아는 내용이 있는 줄 알았어요." 능청스럽긴! 나는 속으로 자신의 재빠른 임기응변에 놀랐다. 그이는 무언가 생각하듯 천천히 고개를 끄덕이면서, "친하긴 한데… 어제는 바쁘게 가느라 물어보질 못했는데 그 언니 만나면 말해봐야겠다." 그이는 바람이 빠지는 풍선처럼 혼잣말로 말끝을 흐렸다.

점심을 먹고 식당을 나오다가 엇갈려 들어오는 사람 중에 어제 뒷담화 자리에 있던 젊은 여자가 있었다. 임순덕은 그이에게 두 손바닥을 펴서 부채처럼 좌우로 흔들며 반가운 인사를 했다. 젊은 여자는 어색하게 웃으며 내게 고개를 살짝 숙이고는 무리와 식당 안으로 들어갔다. 임순덕과 식사를 하고 나오는 장면에서라면 우연히라도 만나고 싶지 않은 사람이다. 임순덕에 대한 뒷말의 공범 내지는 방조자인 젊은 여자와 눈길이 스쳤나, 눈길은 피하면서 미소만 지었나 모르겠다.

이틀 후 이강해가 왔다. 임순덕도 왔다. 나는 노인들에게 책 읽어주는 시간이 끝나자 사무장에게 시내에 개인적인 볼 일이 있다고 말하고 서둘러 그곳을 벗어났다. 시내에서 볼일은 없었다. 이강해와 임순덕의 사이에 끼어 있고 싶지 않아서 전날 임순덕과 걸었던 길을 기억하며 두 시간 정도 시골 풍경을 눈에 담았다. 의사가 권고했던 공기 좋고 풍경 좋은 곳에서의 한가로운 휴식이었다. 그곳에서의 마지막 날이기도 했다. 다음 날 아침, 임순덕은 이강해가 주문한 물건들을 커다란 종이가방에 가득 담아서 사랑방 한쪽 구석에 놓고 포스트잇을 붙여 놨다. 강해 언니, 늘 고마워요. 둘 사이가 어떻게 되든 내가 신경 쓸 일은 아니었지만, 포스트잇을 보자 왠지 마음이 놓였다. 임순덕은 마침 자기가 시외버스터미널 근처에 갈 일이 있으니 가는 길에 나를 태워다 주겠다고 했다. 마을버스 타고 가면 된다고 해도 옆에 있던 노인이 고생스럽게 왜 그러냐며, 임순덕의 차에 타고 가라고 거들었다. 사무장도, 그 자리에 있던 다른 사람들도 거듭 그러는 게 좋겠다는 통에 나는 거절할 핑계를 찾지 못했다. 임순덕은 가는 길에 다단계 상품 영업장 구경을 시켜주겠다고 했다.

사무장과 사람들의 배웅을 받으며 임순덕의 차에 올라탔다. 그이는 침묵을 견디기 힘들어하는 거 아닌가 싶게 차의 시동을 걸자마자 또다시 어떤 영양제의 효능과 체험담을 풀어놓기 시작했다. 얼마간 듣기만 하다가 나는 슬쩍 아이들 얘기를 물었다. 사춘기 연년생 남매면 키우기 힘들지 않냐고. 임순덕은 이혼 후 한동안 사는 게 암울했는데 이제는 많이 좋아졌다고 했다. 그러면서 묻지도 않은 과거사를 말하기 시작했다. 대개의 이혼이 그렇듯 귀책 사유는 상대방에게 있고, 자신은 헌신하다 헌신짝 되었다는 비극의 주인공이며, 그래도 굳세어라 금순아, 자식들 키우며 꿋꿋이 살아왔노라는 눈물겹지만 식상한 줄거리, 임순덕의 사연도 크게 다르지는 않았다. 인생도 상품화하는가 싶게 외운 듯, 또는 남의 얘기 하듯 말하던 그이는 잠시 침묵했다. 그사이 그이는 실내 미러를 힐끗 본 뒤 사거리에서 좌회전을 하려던 노선을 바꿔 한 칸 오른쪽 직진 차선으로 이동했다. 앞차가 초록색 주행 신호를 받아 출발하자 그이도 뒤따라 액셀러레이터를 밟으며 무심히 한마디 했다.

"저는 사람들에게 제 얘기를 다 오픈해요. 숨긴다고 숨겨지는 것도 아니고, 받아들이는 건 상대방의 몫이죠. 누가 뭐라고 하든 저는 제 인생을 사는 것뿐이에요." 가만히 고개를 끄덕이는 나에게 그이는 빙긋 웃어 보였다. 그러면서 덧붙였다. "어쩌다 보니 이쪽으로 와 버렸네요." 그이는 나를 데리고 가서 보여주려던, 아니 어쩌면 나도 그이의 호의에 대한 답례로라도 물건 하나쯤은 사야겠다고 생각했던 다단계 영업장에는 가지 않았다. 시외버스터미널 근처에 차를 세운 뒤 그이는 지갑 안쪽에서 명함 한 장을 꺼내 내게 주었다. 명함에는 다단계업체나 보험사 로고 같은 꾸밈이 없이, 백지에 그이의 본명과 연락처의 숫자들만 까맣게 인쇄되어 있었다. 임순덕, 아니 '이수정'에게 나는 몇 단계의 테스트를 거친 사람일까, 돌아오는 버스에서 생각했다. 그이의 마지막 몇 마디가 내 손에 명함처럼 쥐어졌다. 마치 도입부가 지나치게 긴 장편소설을 읽다가 지루해서 막 책을 접으려던 순간 발견한, 반짝이는 진심 한 문장이 그 명함에 박혀 있는 것 같았다. 〈끝〉

<작가의 말>

삶에 관한 이야기를 쓰고 싶었다. 삶은 필연적으로 죽음과 닿아 있고, 그사이에는 무수한 관계들이 씨줄과 날줄로 촘촘하게 직조되어 있다. 삶은, 혹은 죽음은 관계를 설명한다. 씨실과 날실이 교차하는 한 점을 들여다보고 싶었다. 더러는 갈등과 상처로 얼룩지고, 더러는 소외와 단절로 구멍 뚫려도 관계 자체가 소멸하진 않는다. 관계는 소리와 소리 없음이다. 말과 말 없음이다. 그것은 숨 자체가 아니라 숨 쉼이다. 세 편의 소설은 삶과 죽음에서 관계로, 다시 씨실과 날실의 교점으로, 마지막으로 소리와 침묵에서 숨, 쉼으로 시선을 좁혀간다. 글을 쓰면서 마치 마트료시카 인형을 하나씩 열어보는 기분이었다. 가장 안쪽에 있는 목각인형을 꺼내고서야 전체 인형

들을 꾸밀 수 있다. 어느 것이 가장 안쪽의 인형에 해당하는지 고르기 어려웠다. 처음 이야기를 쓸 때는 분명한 배열의 순서가 있었다. 이를테면 ≪23번 부표≫, ≪선택적 함묵≫, ≪다단계 인간≫과 같이 말 없음, 또는 소통의 부재, 관계의 단절로부터 적극적으로 관계를 엮어가는 인물의 '바람직한 변화와 성장'의 코드를 구현하려고 했고, 독자들도 그렇게 읽어주길 바랐다. 그러나 다 쓰고 보니 순서를 정하는 건 무의미하다는 걸 알았다. 먼저와 나중, 마지막 따위는 없다. 그리고 무엇을 처음으로 생각하든 씨실과 날실이 교차하는 한 지점의 이야기다. 그 자체로 종결이면서 새로운 시작이고 변화이며 성장이다. 숨이고 숨 쉼이다.

윤슬

하와이 서핑 버킷을 가진 40대 아줌마.
직장인으로 10년, 전업주부로 10년 살아보았습니다.
앞으로의 10년은 조금 더 활짝 피어도 되겠구나 싶어요.
파랑색이 유난하게 좋습니다.

50살엔, 하와이에서 서핑을!

프롤로그

치유과정의 아픔을 겪을 용기가 없었다. 문턱을 넘었다가도 겁이 나 다시 돌아왔다. 지나간 철모르던 상처를 하나하나 곱씹게 되는 시간이 고통스러웠다. 나름의 아팠던 마음을 글로 내뱉으며 몸살이 났다. 괜찮은 척했던 10년 상처의 무게감이 한꺼번에 빚을 갚으라고 날 짓이기는데 속수무책이었다. 상처들을 덮어놓고 어찌나 스스로를 감쪽같이 '괜찮다 괜찮다' 속였는지 꺼내어보기가 참도 힘들었다.

불쌍해 보이기 싫었던 것 같다. 무려 실패한 결혼의 피해자처럼 보이기도 싫었다. 그래서 상처를 어물쩍 넘어가며 써보기도 했지만 그럴 때마다 진정 실패자 같은 기분이 들어버렸다. 그냥 부끄러운 속내를 왕창 꺼내고는 필명 뒤에 숨어버리기로 했다.

지난 해 연말. 결혼 10주년을 맞았다. 남편은 잊고 있을 것이 분명했다. 다른 건 필요 없으니 40살 결혼기념일부터는 꽃다발을 챙겨달라고 얘기했다. 미리 원하는 꽃집의 웹 주소도 링크하고 내 취향의 꽃다발 사진도 보내놓았다. 그동안 특별히 챙겨준바 없었지만 이제는 그간 수고했다는 작은 성의 표시라도 받고 싶었다. 결과는 읽씹. 사이가 좋건 나쁘건 딱히 하고 싶지 않은 일에는 답장이 없는 남자였다. 지난 한 해 동안 내가 남편에게 걸었던 단 한 가지 기대였지만 실망이 될 확률이 99.9 프로였다. 카톡을 보내놓고 아차 싶었다. 뭐 즐거웠던 결혼이라고. 실망이나 속상함 대신 그간 살아남기 위해 습득된 나의 방어기제. '포기'가 빠르게 가장 먼저 반응했다.

새해 인사를 위해 아이들과 시댁으로 전화를 걸었다. 결혼 10주년은 기분이 어떠하더냐고 시어머님이 물어보신다. " 그이는 기억 못하는 것 같아 제가 홈 캠핑 준비하고 사진도 같이 찍고 제 선물도 셀프로 사고 나름

즐거웠어요. 하하하" 속없는 소릴 했더니 그래 그렇게라도 즐겨야지 하신다. 옆에서 아버님은 "걔가 바빠서 그런다, 바빠서" 하셨다. 어머님이 당황하셔서 아버님을 타박하신다. 아빠에서 아들로 전해지는 '무심함' 유전자가 새삼스럽게 느껴졌다.

올해 첫 눈이 오던 날, 새로 산 예쁜 옷들을 챙겨 입었다. 가고 싶어 벼르고 벼르던 카페에서 커피를 한잔사 마셨다. 꽃집에 들러 주인아주머니와 즐겁게 수다를 떨고 청량한 블루의 델피늄과 뽀얀 안개꽃을 한 다발 샀다. 일부러 시간을 내어 나를 소중하게 대해 주었다. 외면당했던 세월과 혼자서 맞서느라 깊어진 미간도, 시도 때도 없이 아픈 몸도, 세 번의 출산으로 달라진 바지 사이즈도 억울하지만 가장 젊은 오늘의 나를 사랑해주려고 노력한다.

네가 곁에 없어도 나는 소중한사람이다.

아줌마도 빛나던 때가 있었답니다.

어릴 적 집 마다 가훈 같은 게 액자로 심심찮게 걸려 있었던 기억이 난다. 우리 집도 가훈이 있었는데 '정직하고 성실하게' 였다. 늘 근본을 강조하시던 부모님의 가르침과 딱 맞아떨어지는 슬로건이었다. 두 분 모두 잘못한 일에는 가차 없이 엄하셨지만 살뜰히 두 딸을 챙기셨고 우리가 성인으로 자랄 때 까지 단 한 번도 큰 소리 내어 싸우신 적이 없었다. 틈만 나면 바다, 계곡, 박물관, 야구장, 유적지 어디든 떠났다. 무뚝뚝하고 말수 적은 경상도 아빠는 비록 간지러운 표현은 못하셨어도 매 주말마다 우리를 업고 텐트를 둘러메고 나가 더 넓은 세상을 보여주는 멋진 사랑법을 가진 분 이셨다. 엄마는 맞벌이로 힘이 들었을 법도 한데 늘 에너지가 샘솟는 유쾌한

분이었고, 두 살 터울의 언니는 예쁘고 착하기까지 해 바쁜 부모님을 대신해 나를 정성으로 챙겨주었다. 내 기억 속 우리 집은 함께 한 추억으로 가득 차 부족함 없이 생기가 넘치고 빛이 났다. 어쩌면 가훈으로 '열심히 돈 벌고 열심히 놀자!'가 더 어울렸을지도 모르겠다.

방학에는 아빠의 고향인 영덕에 가곤 했는데 해변 도로에 들어서 탁 트인 바다 전경이 잘 보이는 지점에 도착하면 아빠는 자고 있는 우리를 꼭 깨워주셨다. 아빠가 좋아하던 그 시원하고 짠 내 가득한 파란색 풍경을 나도 정말 좋아했다. 엄마 말로는 내가 태어난 지 100일 때부터 모래사장 위 텐트에서 잤다던가. 그래서인지 바다 근처에만 가도 느껴지는 비릿한 냄새를 좋아한다. 바다 짠 내를 크게 들이마시고 내뱉으면 향수가 채워지는 기분이 들었다. 내가 바닷가에서 태어난 것도 아닌데 아빠는 참 별걸 다 물려주셨다.

비교적 균형 잡힌 유년기를 보낸 덕에 나는 자존감 두둑한 성인이 되어 사회로 나갈 수 있었다. 마음먹은 일은 해내야 직성이 풀리는 편이라 늘 서너 가지 일을 동시에 벌려놓고 바쁘게 살아냈다. 첫 직장에서는 학업과 일을 병행했고, 몇 년 뒤에 외국계 회사로 이직하게 되었다. 두 번째 회사는 정말 바빴다. 메신저로 이메일로 컨퍼런스콜로 하루 종일 영어로 두드려 맞다 보면 퇴근 시간이 되었다. 안 그래도 부족한 영어 실력인데 딱딱 끊어지는 인도 영어는 듣고 있으면 진땀이 났고 메일에는 늘 ASAP(as soon as possible)이 떠다녔다. 내친김에 영어학원 부터 등록했다. 새벽에 2시간짜리 영어 수업을 듣고 회사에 도착하는 아침. 여느 직장인들과 마찬가지로 뒤도 안돌아보고 내달렸다. 퇴근 후에는 인생 2차전을 준비하는 의미로 회계 공부를 하고 주말엔 수고한 날 위해 어디로든 떠났다. 전국 바다를 떠돌며 즐기느라 여름내 까맣고 반들거리던 피부가 조금 하얘지기 시작하는 겨울이 오면 스노우보드를 타러 떠났다.

한 번뿐인 인생 신나게 살아보자며 회사 안팎으로 기꺼이 불태우던 입사 4년 차. 회사가 갑자기 바빠진 시점이 하필 결혼과 맞물리는 바람에 결혼 준비에 전혀 신경을 쓰지 못했다. 오죽 했으면 퇴사하고 나서야 신혼집을 처음 가봤을까. 잠시 쉬어가야겠다는 생각이 들었다. 두 번째 직장을 다니면서는 워낙 촘촘하게 살았던 터라 그만두면서도 크게 미련이 남지는 않았다. 화끈하게 사표를 냈고 며칠 뒤 유부녀가 되었고 신혼여행을 다녀왔다. 간만에 쉬어보겠다며 백수 출사표를 던졌지만 나는 일복이 많은 편인 모양이었다. 겨우 일주일 쉬었을 뿐이었는데 세 번째 직장으로의 출근이 결정되었다. 내가 배정된 사업부는 일도 익숙하고 쉬운 편이었지만 금세 싫증이 났다. 결국 새로운 포지션에서 일을 배우며 사서고생을 하던 중 그토록 기다리던 아이가 유산이 되었다. 생각과 많이 달랐던 결혼생활의 스트레스를 팀원들과의 케미와 일에 기대어 근근히 날려버리던 아슬아슬한 외줄타기 시절. 그럼에도 불구하고 빛나던 시절의 이야기에 이때를 포함 할 수 있는 이유는 내 나름의 커리어우먼 이미지를 유지하고 있었기 때문이다. 혹여나 흐트러질까 무너질 새라 부모님이 소중히 함께 지켜주신 나의 자존감이 어느 정도는 남아있었기 때문이다. 사회에서 인정받는 하나의 구성원으로 살고 있었기 때문에 마음껏 당당해질 수 있을 때였다. 내게 주어진 청춘을 마음껏 소비하며 사랑도 휴식도 자기 계발이나 직장일 어느 하나도 허투루 하지 않았던 나름의 완벽주의자 시절은 여기까지인 것 같다.

두 번째 임신 중 옛 팀장님의 전화가 왔다. 다시 일할 마음 있냐는 물음에, 맘은 굴뚝같지만 곧 출산이라 했더니 웃으시며 "우리 윤슬이 이제 경력 끝났네?" 하셨다. 맞는 말이었다. 그 전화 한 통이 어쩌면 내 인생 마지막일지도 모르는 오퍼였다고 생각하니 서글퍼졌다.

나는 타의 반, 자의 반 무명의 아줌마가 되어갔다.

헤어지고 싶었습니다.

"네가 뭐라 해도 난 아들 편이다!"

한참 울먹이며 소중한 아들의 존재에 대해 속사포로 내뱉으시던 시어머니가 쐐기를 박으셨다. 간밤에 이혼 선언을 하고 이튿날 퇴근하자마자 혼자 본가에 들렀다. 딱히 대단한 기대감이 있었던 건 아니었지만 같은 여자로서 사소한 공감 정도는 해주실 수 있지 않을까 바랐던 터였다. 틀렸다. 그곳에는 정작 당사자인 날 위한 이해심 따위는 없었다. 공감 능력이 부족한 건 남편만의 문제는 아닌 듯했다. 혹시나 싶어 조심스레 품었던 약간의 기대가 역시나 상처로 돌아왔다.

남편은 나와 함께 있으면 늘 피곤했다. 신혼여행 당시 고대하던 카오산 로드에 간 날. 분위기 좋은 Bar에 가서 음악도 듣고 많이 걷고 거나하게 취해보기로 했다. 그런데 남편은 초입에 들어서 한번 휘 둘러보더니 돌연 자기 로망이었다며 길가에 있는 흑인 아주머니에게 드레드락(레게머리)을 부탁하는 게 아닌가! 몇cm 되지도 않는 머리카락에 레게삘을 덕지덕지 다는 4시간 동안 나는 노상에 있는 낚시 의자에 앉아 주인에게 충성하는 강아지처럼 대기했다. 드디어 남편의 로망이 실현되었을 때 이미 대부분의 바는 문을 닫았고 편의점 술도 자물쇠에 갇혀있었다. 우리는 빈털터리로 레게머리와 택시비만 남겨 돌아왔다. 도착하자마자 한 짐 되는 머리가 망가질세라 얼굴을 침대에 박고 자는 남편을 물끄러미 지켜보다 혼자 호텔 술을 다 꺼내 마셨다. 소심한 복수였다.

비가 오던 하루는 일정이 취소되어 룸에서 편하게 식사와 맥주를 곁들이고 있었다. 열린 통 창으로 들리는 빗소리와 창밖의 이국적인 풍경은 완벽히 로맨틱했다. 너무 좋다고 말하려다 보니 남편은 이미 턱 빠진 사람

마냥 입을 벌리고 잠이 들어있었다. 선견지명인가. 그럴 줄 알고 전날 편의점 맥주를 쓸어 담아 냉장고에 채워두 었더니 외로움이 조금 덜 했다. 그 뒤로도 물에 닿으면 무거워지는 레게머리 때문에 수영도 제대로 못하고 미 안한 기색 하나 없이 본인 컨디션 챙기느라 급급한 남편 을 두고 짜증이 솟구쳤지만 싸우기 싫어 참았다. 일상으 로 돌아온 뒤, 찬밥도 아닌 언 밥 취급당한 허니문에 대 해 사람들이 물어보면 대충 허허거리며 즐거웠다고 둘 러대었다. 허니문 베이비라든지 그들이 기대하는 19금 농담에는 참여할 수가 없었다. 카오산 로드의 조그만 낚 시 의자 위에서도 19금 농담을 하는 사람들 앞에서도 나 는 계속해서 참아냈다.

그 이후에도 남편의 무심함은 계속되었다. 무려 신 혼이었지만 늘 여자로 인정받지 못하는 기분이었다. 푸 념 섞인 눈치도 줘보고 부부 상담 권유도 해보고 화도 내보고 대화로 풀어보려고도 했다. 만약 남편 입장에서 내가 싫다면 헤어지면 되는 일이었지만 그건 또 아니고 이유에 대해 물어도 답 없이 철저하게 무시를 해버리는데 도리가 없었다. 그저 남편이 원하는 그날만 오매불망 기다려 간신히 한 번씩 승은(?)을 입었다. 아이를 낳고 싶었던 나는 조금 늦은 나이에 결혼해서 그런지 자꾸만 속이 터지고 무르고 조바심이 났다. 임신했다는 친구의 문자를 받고는 출근길 지하철에서 펑펑 울기도 했다. 그간 질투나 외로움이라는 건 나랑 거리가 먼 단어였는데 내 처지에 대한 비관이 한편에 자리 잡아버려서 쉽게 넘겨 버릴 수 있는 일도 어려운 문제가 되어버렸다. 아무리 애써도 자존감은 바닥을 보이기 시작했다. 슬프고 외롭고 우울한 돌덩이가 가슴에 들어앉은 것 같았다. 나는 이 무거운 돌과 함께 바다로 침몰하고 싶지 않았다. 사랑을 받으며 행복을 느끼는 사람으로 살고 싶다는 게 욕심일까. 내 진심과 생각을 궁금해 하지 않는 남편이라는 구렁텅이에서 벗어나고 싶다고 간절하게 바랄쯤, 나는 첫 아이를 유산했다.

혼자 하는 위로는 한계가 있었다. 살고 싶다는 마음보다 죽고 싶다는 마음이 앞섰던 날. 남편에게 이혼을 통보했다. 무슨 일이 있어도 아들 편이라던 어머님은 그 뒤로도 그럼 대체 너는 한 달에 몇 번의 관계를 원하냐, 사랑만으로는 안 되는 거냐, 그런 게 대체 무슨 소용이냐, 뭐 특별한 거 있는 줄 아니, 다들 그냥 사는 거다, 니가 아직 젊어 그렇지 살다 보면 인생에 그런 건 아주 작은 부분인데 좀 참아라, 맘을 편하게 해줘야 관계도 되는 거지 그렇게 무섭게 해가지고 어디 맘 불편해서 걔가 뭘 하고 싶겠니? 애 좀 편하게 해줘라 등 나는 안중에도 없는 말을 해대셨다.

시어머니 앞에서 나의 지치고 처절했던 감정들이 모조리 부정당하고 있었다. 치가 떨리고 구역질이 났다. 남편과 그의 부모 곁에서 역시 나 혼자 타인이었다. 예상은 했지만 며느리는 아무렴 상관없는 남이었다. 망망대해에 버려진 아득한 느낌이 미처 아물지도 못한 내 마음속 상처들을 찔러댔다.

나는 목적지를 잃고 결혼이라는 바다 위에서 표류하기 시작했다.

작은 씨앗 하나가 날 잡아주었습니다.

　나는 아이들이 좋아서 유아교육과를 선택했다. 어렸을 적부터 결혼하면 아이 넷은 낳을 것이라며 물정 모르는 소리도 해댔었다. 시기는 적절치 못했지만 그런 나에게도 드디어 아이가 생겼다. 그토록 원할 때는 오지 않다가 헤어지려고 맘을 먹으니 임신이라니. 인생 참 아이러니하다 싶었다.

　이혼 통보 후 충격요법이 효과를 발휘했는지 남편도 잠시나마 눈치껏 행동했다. 분위기가 조금 누그러지며 생각의 정리를 위해 떠난 여행에서 아이가 생겼다. 아이로 인해 마음이 흔들리기 시작하니 상처받기 싫어서 꾹꾹 눌러 감춰두었던 남편에 대한 미련과 기대도 고개를 쳐들었다. 왠지 뱃속 아이는 우리의 문제점을 한방에 해결해줄 수 있을 것 같았고 실제로 엄마 아빠의 이혼을 막아 냈다. 임신 초기 한동안은 남편의 미운 점도 그저 너그러운 마음으로 용서가 되는 마법에 걸린 듯했다. 불과 한 달 전만 해도 죽네 사네 했던 나는 보이지도 않는 아이와 종일 대화를 나누고 감정을 나누고 책을 읽어주고 세상의 아름다움만 끊임없이 읊어댔다. 실제로 그때는 임신으로 호르몬이 차고 넘쳐서 온 우주가 우리를 축복하고 있다 착각했던 모양이었지만 호르몬의 속임수는 오래가지 못했다.

임신으로 일을 그만두고 집에 있어보니 매일 이른 새벽과 늦은 밤 청소기를 돌리는 윗집의 소음이 보통 일이 아니었다. 남편에게 하소연을 했지만 나의 예민함을 문제 삼았다. 결국 며칠 후 참다못해 혼자 윗집을 찾아갔는데 아주머니가 나오자마자 어디서 어린것이 아침부터 이래라 저래라 하느냐며 손찌검까지 해댔다. 놀랍게도 노크 세 번에 문이 열리고 순식간에 일어난 일이었다. 결국 싸움이 나서 경찰이 왔는데도 남편은 나한테 그만하라며 소리를 쳤다. 지금도 그날의 장면이 생생하다. 배가 나오고 머리가 한껏 벗겨진 윗집 아저씨는 자기 마누라를 참도 정성껏 지켜내더라. 반면 젊디젊은 우리 집 아저씨는 뒤늦게 와서는 윗집 편이 되어 임신 중인 마누라를 탓했다. 울타리가 되어줄 법도 한데 남편은 늘 그걸 거부했다. 나는 그날 이후 새벽 6시의 청소기 알람이 울려 퍼지기 전에 샤워를 하고 밤엔 일부러 늦게까지 산책길을 걸으며 그 시간들을 버텼다. 윗집은 더 득의양양해졌고, 내 편은 없었으므로.

아이와 함께 희망까지 품어버렸던 결과는 지독했다. 남편을 원망하느라 날이 곧게 서 있던 나는 억울하고 요동치는 그 아픈 마음으로 무엇을 해야 할지 몰랐다. 그토록 원할 때는 언제고 하필이면 어둡고 굳어지고 갈라진 틈에 들어와 자리 잡은 작은 씨앗이 원망스럽기까지 했었다. 나를 제외한 모든 것을 탓하고 싶었다. 엄마의 마음을 아는지 모르는지 그 와중에도 뱃속 아기는 에너지가 넘쳐났다. 밖에서도 손바닥 발바닥이 보일 정도로 유난히도 몸부림을 쳐댔다. 태동을 한번 할 때마다 내 몸이 흔들릴 정도였다. 쉴 새 없이 움직여 존재감을

뽐내던 첫째는 벌써 8살이 되어 아직도 엄마 바보 노릇
을 한다.

　그때의 나는 혼자인 것 같아 외롭고 두렵기만 했었
는데, 돌이켜보니 내 옆을 언제나 지켜주던 작고 보드라
운 손길의 씨앗이 있었다. 그 작은 씨앗이 할 수 있는 최
선의 몸짓으로 '엄마! 나 여기 있어요, 힘내요!' 라고 얘
기 했었다는 걸 이제는 안다.

영혼의 단짝 곁에서 지쳐갑니다.

　　연애 시절의 남편과는 책 취향이 비슷해서 책에 대
한 이야기를 몇 시간이고 질리지도 않고 나눴다. 둘이
필름 카메라를 매고 무작정 돌아다니며 사진 찍는 것도
좋아했다. 데이트 후 집에 가는 버스에서 서로 머리 맞
대고 졸면서도 헤어지기가 아쉬웠다. 내가 생각날 때 마
다 모았다며 뜬금없이 편지와 작은 선물꾸러미를 문 앞
에 놓고 가기도 하고 극장에서 손잡고 영화를 보다 말고
너무 좋아서 심장이 아플 정도라고 고백했던 남자. 내
가 어떤 상황에 있든지 좋아해 주고 내 편이 되어 주는
사람이었고 대화할 때 눈을 보며 나에게만 집중하는 모
습이 좋았다. 특히 함께 있으면 요란하지 않고 잔잔하게
취미생활을 공유할 수 있어서 좋았다. 우리 나이 서른

그 해 말. 새 출발에 대한 몽글한 감성에 빠져 2000년의 남자친구가 2010년의 남편이 되었다.

결혼 선서를 하면서 영혼의 단짝 같은 표현을 썼더랬다. 그렇지만 잘난 척 하며 하늘 높은 줄 모르고 지어놓은 우리의 유리성은 종종 약한 바람에도 위태로이 휘청거렸다. 각자 쉬는 날이 달라서 함께 있는 시간이 적었던지라 기회가 되면 설레어서 이런저런 계획을 잡는 나와는 달리 남편은 늘 시큰둥했다. 이번 주는 피곤해서 안 되고, 사람 많은 곳은 정신없어서 싫고, 멀쩡한 집 놔두고 다른 데서 자는 건 돈 아깝고. 이유는 다양했다. YOLO를 외치는 나의 영혼의 단짝이라 믿었던 남자가 어느새 눈에 보이지 않는 감옥 같은 존재가 되어버렸다. 내가 신이 나서 방방 뛰고 있으면 슬며시 다가와서 찬물을 끼얹는 남자. 이보다 좋은 사람이 없다고 생각해서 평생을 약속했는데 내 남자는 연차가 쌓여갈수록 재미없고 시시해졌다. 날 보면 심장이 나대서 아프다던 남자는 이제 없었다. 함께 살아보고 알게 된 사실이지만 남편은 실망스럽게도 전형적인 노력부족형 남자였다.

그 간 내게 일어난 일이라고는 인정하고 싶지 않아 온몸으로 거부하던 비포장도로 같은 결혼생활도 차차 익숙해졌다. 이혼을 선포했던 패기는 다 어디 갔나 싶게 모든 걸 포기한 모양새로 육아에만 올인했다. 아이들은 내게 삶의 이유였다. 곧 동생을 볼 첫째 아이를 만삭의 배 위에 업고 수족관으로 바다로 동네 공원으로 박물관으로 수영장으로 종횡무진 했다. 우리 부모님이 어린 내게 해 주셨던 것처럼 나도 아이와 함께하면 기쁨이 더 앞섰다. 아마도 슬프게 표현하자면 이 집에서 내 존재의 이유를 찾은 기쁨 같은 게 아니었을까.

사실 아이를 낳고 살면 남편도 조금씩 좋아지겠지 기대도 해보았지만 바로 눈앞에서 만삭의 몸으로 아이 똥 닦이고 흘린 것 치우고 밥 먹이느라 땀을 삐질 거리고 있어도 들리지도 보이지도 않는 모양이었다. 변치 않는 남편 덕에 육아에 대한 모든 일과 집안일은 오롯이 내 몫이었다. 손목 발목은 끊어질 듯 아프고, 주먹이 쥐어지지 않을 정도로 손가락 마디마디가 삐걱거렸다. 밥은 한 끼만 제대로 챙겨먹어도 감사할 판이었다.

처음부터 엄마였던 사람은 없는데 주변의 모두가 나를 엄마라는 존재로만 대할 때의 괴리감이 견디기 낯설었다. 힘든 맘을 주변에 얘기하면 때때로 모성애가 부정당했고 지친 맘을 감추자니 너무도 답답해지는 일상. 다행히도 주변에 전우애에 불타오르는 육아 동지들이 있어서 서로를 토닥이고 신세 한탄을 해대며 스트레스를 풀기도 했지만 그때 뿐, 쳇바퀴 도는 일상은 나를 늘 제자리로 데려다 놓았다. 나의 육아 시계는 정말 느리게 움직이는 것 같았다.

호기롭게 이혼을 외치던 내가 원했던 건 어쩌면 그냥 진심 어린 눈 맞춤. 간단하지만 수고로운 고생한다는 한마디. 서운한 마음을 알아주는 따뜻한 토닥거림이 아니었을까. 그저 서로를 지켜줄 수 있는 진짜 가족이 필요했을 뿐이었는데 지나치게 많은 걸 바라는 욕심쟁이가 된 기분이 되어 지쳐갔다.

패들링을 시작해봅니다.

나를 포기하고 지내다 보니 어느덧 나이의 앞자리 수가 변해있었다. 지나간 10년을 무심코 떠올려보니 부부싸움과 육아. 두 가지 일 말고는 더 설명할 길이 없었다. 갑작스런 허무함이 밀려들어 내 뒤통수를 갈겼다. 얼얼한 마음을 진정시키고 찬찬히 내가 하고 싶었던 일들을 적어 보았다. 쓰다 보니 사소한 것부터 시작해 오랜 시간 공들여야 할 만한 일도 있었다. 아이를 키우는 입장에서는 무엇을 하든 남편의 협조가 필요했다. 그래. 전부 다 그래서 못해왔던 것들이었다. 전업주부가 오래되다 보니 나를 위한 요구를 할 때면 사소한 것에도 왠지 모르게 눈치가 보였다. 당당하지 못 할 이유도 없는데 싸움이 지긋해져 으레 아무런 요구도 하지 않았다. 원하는 것을 포기하고 속상함을 숨기며 범위 내에서만 움직였다. 그렇게 서서히 좁아져 버린 내 세상을 넓히는 게 1번 버킷이었다. 조금 거창한지는 몰라도 영화 브레이브 하트에서 프리덤을 외치던 멜 깁슨 아저씨나 쇼생크 탈출을 하던 팀 로빈스가 된 기분으로 조금씩 자유를 되찾기로 했다.

나의 사십춘기의 시작이었다. 지금 내 나이의 소중함을 최대한 찾아내 누려보기로 했다. 오전에 커피 마시러 나가는 시간을 만들어 30분이건 1시간이건 친구도 만나고 혼자 책을 읽었다. 초반에는 남편이 심통을 내며 괜히 내 시간을 방해하는 기분이 들었다. 예를 들어 12시까지 들어오라 해서 시간 내 들어가면 1시에 출근을 한다든지. 그래도 굳건히 오전 커피 루틴을 지켜나갔다. 그랬더니 이제는 으레 다녀오겠거니 하고는 아이들을 봐준다. 불과 몇 달 전만 생각해봐도 장족의 발전이었다. 그 다음은 서핑이었다. 우연히 보게 된 서퍼 부부의 바다 위 모습에 반해 마음속 버킷리스트로 자리 잡은 지 2년째였다. 서핑을 좋아하던 두 부부가 일을 그만두고 의

기투합해 강원도에서 서핑샵과 강의를 겸하고 있었는데 한 겨울엔 발리 같은 따뜻한 곳으로 지원자들과 함께 서핑투어를 하는 모양이었다. 워낙 바다를 좋아하는 나는 '이거 하고 싶다!'라는 기분이 머리에서 발끝까지 찌릿하게 흘러내려 소름이 돋아났다. 오랜만이었다. 엔돌핀이 주는 찌릿함.

강습을 받으려면 하루 종일 아이들을 맡겨야 하는 일이라 내 맘이 편치 않았지만 어쩔 수 없는 엄마 본능을 거스르며 강습 예약 버튼을 누르고 남편에겐 통보했다. 이제 너의 허락 따위 구하지 않겠으니 애들한테 TV를 틀어주든 배달 음식을 먹든 알아서 하라고 최대한 호기롭게 떠들었는데, 괜스레 어릴 적 엄마한테 대드는 기분이 되어버려 목소리가 조금 떨렸던 건 비밀이다.

5월의 바닷바람은 생각보다 꽤 차갑게 느껴졌다. 사이드브레이크를 걸고 차 안에 있는 시계를 흘끗 보았다. am 9:30. 집에서 겨우 두세 시간이면 도착하는 설악해변에 오기까지 장장 2년이나 걸렸지만 그래도 스스로가 대견했다. 기다림이 길었던 만큼 더 많이 즐기다 가겠다며 두근거리는 심장을 부여잡았다. 서핑샵은 생각했던 것 보다 더 하와이를 연상시키는 모습으로 열려있었다. 우선 실내에서 안전교육을 듣고 서핑수트를 입은 뒤 모래사장위에서 패들링과 스탠딩 자세를 여러 번 연습했다. 사람 좋아 보이는 강사님의 위트에 긴장이 조금 풀어지자 실전이었다.

서핑보드를 밀며 바닷물이 가슴까지 차오를 즈음 멈춰 선다. 키도 작고 난생처음 서핑을 하는 나에게는 키를 훌쩍 넘기는 길고 큰 보드를 들고 나가는 것만으로도 숨이 찼다. 파도만큼이나 울렁거리는 마음으로 내 차례를 기다린다. 앞 순서인 사람들이 하나둘 허무하게 시작과 동시에 침몰하는 모습을 보고 있자니 나까지 안타깝고 초조해졌다. 내 순서다. 난생처음 바다 위의 서핑보드에 엎드려 강사님의 신호를 기다린다. 쿵, 쿵, 쿵, 쿵. 심장이 터질 것 같았다. 드디어 "패들링–"소리가 들린다. '나는 곧 잡아먹힐 새끼 바다거북이다'를 되 뇌이며 양팔로 사뭇 진지하게 노를 저었다. 강사님의 쩌렁한 목소리가 울린다. "업!" 자다가도 벌떡 깨일 정도로 큰 목소리에 나도 용수철처럼 튀어 올랐다. 모래에서 연습했을 때와는 달리 파도 위에서는 중심이 안 잡혀 이리저리 흔들리고 미끌렸다. 이렇게 무너질 수는 없다! 머릿속으로 배운 자세를 떠올리고 그게 몸으로 전달되는 찰나, 다행히도 튼실한 허벅지가 함께 악을 써준 덕에 일어서기 성공이었다. 손으로 서핑 인사인 샤카를 그리며 혼자 미친 사람처럼 깔깔거렸다. 젊은 선생님의 텐션을 넘어서는 마흔 아줌마의 흥이 해변에 울려 퍼졌다. 다음 시도에서도 그동안 튼튼해서 미웠던 내 허벅지 덕을 톡톡히 보았다. 아쉬운 마음에 밥도 안 먹고 한 번만 더! 를 자꾸만 외치다 돌아올 때 교통체증 시간에 걸려 고생스럽긴 했지만 중요치 않았다.

　하루쯤 모험을 하고 돌아와 보니 난장판인 집을 봐도 참을 수 있었다. 다만 그제야 긴장이 풀려서인지 물 먹은 솜 마냥 온몸이 무거워져 견딜 수가 없었다. 늦은 밤 청소까지 하고 다음 날 근육통으로 기진맥진했다. 가진 건 튼튼한 몸뿐이라고 생각했는데 이제 더는 젊기만 하진 않은 모양이었다.

며칠 뒤 서핑샵에서 찍어준 사진을 확인해 보라는 게 생각이 났다. 웹까페에 가입할 때만 해도 기대감으로 손이 바빴는데 내가 다녀온 날짜의 게시물을 클릭하자마자 쥐구멍에라도 들어가고 싶은 기분이 되었다. 잔뜩 얼고 굳은 몸과 표정엔 비장함마저 감돌았고, 착 달라붙는 서핑수트 밖으로 아줌마의 적나라한 몸매가 드러났다. 서핑 하러 가기 전 상상속의 나는 바다를 즐기며 여유롭게 보드와 한 몸일 것 같았는데 사진속의 모습은 총체적 난관이었다.

나이가 들어 서러운 이유는 몸은 늙는데 마음이 그 늙음을 따라가지 못해서라더니 그 말이 딱 들어맞았다. 40대 아줌마가 되어서도 마음만 여전히 20대였다. 반성하는 마음으로 홈트를 검색하고 곤약밥과 닭가슴살을 주문했다. 매일 저녁 유산소와 근력운동을 병행해 한 달 만에 7kg을 감량했다. 너무 작아 인형 옷이 아니냐며 홀대받던 원피스를 입고도 지퍼가 올라가는 걸 보니 일단 다이어트는 성공인가 싶었는데 급작스레 얼굴이 늙고 머리카락이 뭉텅뭉텅 빠졌다. 이 세상만사 뭐 하나 쉬운 일이 없다.

콜라겐을 사고 단백질도 챙겨 먹기 시작했다. 콜라겐은 저분자로, 단백질은 고단백으로! 난생처음 금가루가 들은 탄력크림도 발라보았다. 내 평생 이렇게 호사스러울 때가 있었던가. 예전에 오프라 윈프리에게 성공했다고 느낄 때가 언제냐고 물어보니 '비싼 아이크림을 발뒤꿈치에 발랐던 때' 라고 했던 인터뷰가 불현듯 떠올랐다. 언제 발라봤었는지 기억도 안 나는 아이크림을 뒤적거리며 찾아냈다. 한눈에 봐도 비싼 아이크림을 핸드크림마냥 쭉 짜서 얼굴과 발뒤꿈치에 발라놓고 앉아있자니 입술 사이로 삐죽 웃음이 비집고 나왔다.

요즘 들어 혼자 실실거리는 일이 많아진 걸 보면 이제야 나도 조금은 살만한가보다.

하와이에서의 서핑을 꿈꿉니다.

두 번째 서핑은 온 가족이 다 따라붙었다. 웬일로 남편이 자기도 바다가 보고 싶다며 아이들을 봐줄 테니 함께 가자고 졸라댔다. 모래사장에서 8살, 6살, 3살 세 아이들을 데리고 논다면 지옥을 맛볼 텐데? 특히나 우리 아이들은 각자 자기주장이 센 편이라 삼단분리는 시간 문제였다. 하지만 예전엔 못 미더워서 아이들이 고생할까 봐 늘 내 손을 거치던 일들도 이제는 하나둘씩 맡겨보기로 했다. 뭐 내가 걱정하는 이 세상이 무너지는 일 같은 게 남편 손에서 일어나지는 않더라. 혼자 가는 것보다는 일이 몇 배로 늘어나기는 했지만, 엄마 서핑 하는 거 보러 간다고 나보다 더 신이 난 아이들을 보니 또 나름의 든든함이 있었다.

비교적 잔잔했던 첫 서핑과 달리 이번엔 파도가 전혀 달랐다. 출발지점까지 가는데 지난번보다 두 세배의 시간이 걸리는 데다 나가보지도 못하고 파도에 떠밀려 보드가 여러 번 뒤집어졌다. 대신 우여곡절 끝에 보드위에 올라가 발을 얹기만 하면 힘 있는 파도가 나를 해변 끝까지 빠른 속도로 밀어서 데려다주었다. 파도마다 각기 다른 매력들이 있었다. 우연히 친구 가족도 합세해 40살 서린이를 응원해준다며 아이들을 함께 돌봐주었다. 덕분에 혼자 몇 시간 동안이나 맘 편히 파도에 얹어 맞으며 열심히 연습을 했는데 친구가 그 모습을 여러 장 촬영해 놓은 모양이다. 사실 남편은 내가 아이들과 노는 모습이나 뭔가를 할 때 사진을 찍어주지 않았다. 그래서 아이들이 어렸을 때부터 내 사진은 거의 없다. 늘 사진을 찍어주는 역할만 했었는데 친구가 찍어준 바다 위의 주인공 같은 내 모습을 보니 뭐랄까. 소중하게 포장된 선물을 받은 것 같은 기분이었다. 비록 뜨거운 태양에 얼굴을 그을리고 머리카락이 빠진 모양새였지만, 표정만큼은 정말이지 행복해 보였다. 근래 보았던 내 모습 중 가장 예뻐 보이는 웃음을 짓고 있었다. 사진 속에서 바닷물에 빠져 미역처럼 들러붙은 머리를 쓸어 올리며 해맑게 웃는 나. 그걸 보고 있자니 가슴 깊은 곳에서 뜨거운 것이 올라와 눈앞이 금세 뿌옇게 되어버렸다. 당연하게 나를 사랑할 수 있었던 시절에는 느낄 수 없던 행복감이 사진마다 표정 하나하나에서 드러났다. 친구를 쳐다보지는 못한 채로 괜스레 호탕하게 웃었다.

그랬다. 카오산 로드의 작은 낚시 의자에서 하염없이 기다리던 과거의 나는 이제 없다. 대신 모래사장에서 아이 셋을 데리고 날 기다리고 있는 남편이 그 시절의 날 닮아있는 것 같기도 했다.

2년 전 서핑의 꿈을 품은 채 친구들과 적금 계좌를 만들었다. 우스갯소리로 50살엔 하와이에 가자고 했다. 열심히 가족들 챙기며 살다가 10년 뒤에는 다 떼어놓고 우리끼리만 신나게 놀아보자고 했다. 그런데 웃자고 하던 얘기가 이제는 진심이 되어버렸다. 그 적금은 액수보다 존재로서의 의미가 컸다. 상징적인 의미로 나를 늘 두근거리게 하는 하와이행 서핑 티켓이다.

나는 늙을지언정 낡은 사람이 되고 싶지는 않아 오늘도 버킷리스트를 써내려간다. 스스로를 정돈하는 마음으로 글을 쓰고 애증의 영어 공부를 다시 시작했다. 사소하게는 제로웨이스트를 꿈꾸며 텀블러를 챙기기도 하고 소중한 지인들과 가족들에게 꼬박꼬박 연락하는 습관을 들이려고 노력한다. 내 사람들을 위해 무엇인가 준비하는 시간을 좋아하는 나는 오랫동안 고민했던 케이터링도 배워보려고 한다. 인생은 40부터다. 지구정복 같은 더 무모하고 불가능한 일이라면 어떠한가! 나답지 못했던 지난날을 담아두지 않고 흘려보내는 방법을 배우는 이 시간들이 즐겁다. 나는 그 누구에게도 휘둘리지 않고 오롯이 나로 살기로 결심했다. 그리고 내 마음속 집의 가훈을 하나 새겨본다.

"50살엔, 하와이에서 서핑을!"

에필로그

　　며칠 전 택배박스를 정리하고 있는데 슬며시 가위를 건네주며 7살 아들이 한마디 한다.

　　"아빠, 이것보세요. 엄마만 일하잖아요. 아빠도 좀 같이하고 그러세요. 누워있지만 말고!"

　　집안일은 '돕는' 게 아니라 '함께' 하는 것이라고 아직 어린 두 아들에게 입 아프게 떠들어댔던 조기교육의 효과를 본 듯 해 어깨가 으쓱해졌다. 평소 아빠를 잘 따르던 아들의 기습공격에 남편은 서운하다는 듯 투정을 부리다가 주섬주섬 일어나 택배상자를 들고 분리수거를 나간다.

여전히 나는 지나간 수많은 상처에서 자유롭지 못하다. 이제 잊힐 만도 하건만, 이상하리만큼 크게 각인되어있는 남편의 표정과 생생한 날 선 말투들이 종종 어제 일처럼 떠오르곤 한다. 사실 경제적인 면으로만 보자면 남편은 집과 일터만 오가는 성실한 사람이다. 몇 십 년만 일찍 태어났어도 최고의 신랑감이었을지 모르겠다. 꼰대기질이나 무심함이나 공감능력부족 같은 게 전혀 문제 되지 않던, 암탉이 울면 집안이 망한다는 시절쯤의 인기남은 가능했을지도. 시대를 잘 못 타고난 죄가 가장 큰 걸로 포장해버리고 싶지만 그 마저도 밉다. 그래도 요즘 우리는 제법 시시껄렁하게 웃으며 지내기도 한다. 나만 최고인 줄 알고 세상모르던 철부지도 이제는 낮아지는 법을 배웠다. 사소한 것에도 감사할 줄 알고 결정에 대한 무한한 책임감도 함께 아는 진짜 어른이 되어간다.

서로 싸우지 않고도 문제를 해결하거나, 울지 않고도 상처를 치유한다거나 하는 사소해 보여도 중요한 것들. 조금 늙어보니 알게 되는 것들도 우리 주변 공기를 편하게 변화시켜주고 있었다. 우리가 이런 방법들을 조

금 더 일찍 알았다면 과연, 지금쯤 더 행복할 수 있었을
까?

You can't stop the waves,

but you can learn to surf.

거세게 휘몰아치는 파도를 막을 수는 없습니다.
하지만 파도 타는 방법을 배울 수 있어요.

- 존 카밧진, Zon Kabat-Zinn(2004)

상그레

sang-grey@naver.com

상그레-소리없이 빙그레보다 크게 웃음짓는 모습을 뜻하는 순 우리말
도전을 좋아하는 벌여놓기의 달인.
글과 그림으로 세상과 소통하려 애쓰는 중.
세상에 되고싶은 게 너무 많은 버킷리스트 성애자.
탕수육과 탕수육 사주는 사람을 사랑한다.

잠깐 쉬고 싶은 거였지,
누가 백수 되고 싶다했어

머릿글

　내일부터 일 나오지 마.

　믿기 힘들겠지만, 노동법이 근엄한 2020년에 난 몇 년 다닌 직장을 하루 만에 통보로 잘렸다. 코로나로 인한 경영난과 사장님의 불같은 성미의 합잡품이였다. 아니, 사장님. 코로나 시국에 저는 어디로 가나요? 몇 달 치 월급으로 계산해서 카드 할부도 긁어 놨는데. 당장 다음 달 생활비부터 계산해보자. 부모님한테는 뭐라고 설명하지? 잘렸다고 곧이곧대로 말하면 엄마는 잘하는 짓이라며 타박을 놓겠지. 잘 되진 않겠지만 이때 휩쓸려서 엄마에게 화내지 말자. 싸우면 더 속상하니깐. 다시 무슨 일을 해야 할까? 일이 오랫동안 안 구해진다면 어떡해야 할까? 받아들이기 힘든 상황이었지만 신속하게 상황을 정리해 갔다. 우스웠지만 현실을 살아내야 했다. 머리는 어느 때보다 잘 돌아가는데 집으로 가는 지하철 내내 부끄러운 줄 모르고 눈물이 뚝뚝 흘렀다. 살다 보면 일을 잘릴 수도 있는데 내 신세가 서글펐다. 집보다 더 많은 시간을 쏟아부은 회사에서의 삶은 쇼핑백 2개에 덜렁 정리되었다. 또다시 취준생으로 취업전선에 뛰어들 생각을 하니 아득하고 답답했다. 이대로 영영 도태되는 것은 아닐까 두려웠다. 무엇보다 나를 믿어주고 지지해주는 우리 엄마. 취업도 늦게 한편인데 그마저도 잘려왔단 사실을 전해야 한다는 게 미안했다. 참 이상하지. 나는 일을 잃은 것뿐인데 죄인이 되어 버렸다.

그 후 1년이 지난 지금 나는 어떠한가? 나는 여전히 백수다. 감정의 기복은 있지만, 행복한 날이 더 많은 일상을 보내고 있다. 드디어 내 삶의 방향을 찾았다고 느낀다. 물론 이렇게 되기까지 힘들지 않았다고 하면 그건 거짓말. 많은 시행착오가 있었고 마냥 낙관적으로만 백수를 바라보는 것이 아니다. 하지만 분명히 말할 수 있

다. 백수는 우울한 게 아니다. 부끄러운 것도 전혀 아니
다. 백수로 지내며 느낀 점들을 같은 처지인 사람들과
나누고 싶다. 나의 이야기를 읽고 공감과 위로를 얻길
바란다.

출근 안 해도 밥만 잘 먹더라

울고불고할 때는 언제고 처음 몇 달 동안은 자유를 만끽했다. 밤새 넷플릭스를 보다 새벽에 잠든다. 고대 원시인처럼 참새의 짹짹 소리를 알람 삼아 점심때쯤 일어난다. 아. 들린다. 삶의 질 상승하는 소리. 출근 안 하는 삶 너무 좋다. 특히나 비 올 때 창가를 바라보며 마시는 따끈한 라떼는 행복 그 자체. 사람은 참 간사하다. 몇 년 넘게 아침 일찍 일어나 회사생활을 해왔는데 고작 일주일 만에 나태 지옥에 빠져버렸다. 지금은 아득한 신기루 같은 나의 직장인 시절. 나의 회사생활은 어땠더라?

아침마다 흉통을 압박하는 지옥철에 끼겨 타면 허용하지 않은 타인의 불편한 체온과 숨결이 날 반긴다.

비몽사몽 사무실에 도착하면 잦은 커피로 위가 비명을 지르지만, 생명수 아메리카노를 때려 붓는다. 씁쓰름 하지만 내 인생보다는 달다. 일하러 왔으니 1인분 역할은 해내려 노력했지만 언제나 사장님 눈에는 안 찬다. 입사한 달 차 생신입이던 시절, 사수가 출장을 간 사이 실수를 해 단골의 심기를 거스른 적이 있었다. 그날 이후로 단단히 사장님께 찍혀버렸다. 한 달밖에 안 됐는데 어떻게 업무에 적응해서 사수처럼 대처한단 말인가. 억울했지만 회사는 나의 속도를 기다려주지 않는 곳이었다. 기분파 사장님한테 잘못 걸리는 날엔 내리 잔소리 폭격을 맞는다. 혼나면서도 밀리는 업무 걱정. 정신없이 업무 수행하다 보면 깜깜한 저녁이다. '제발 절 좀 써주세요.' 제 발로 찾아왔지만, 내 삶을 회사에 저당 잡힌 것 같은 억울함이 든다. 공허함을 탈피하고 싶었다. 분명 어제 자기 전 내일은 일 끝나고 운동도 가고 자기 계발도 하자고 외쳤는데, 기가 빨린다. '상현지, 너만 일해? 남들 다 퇴근 후에도 부지런히 살아. 너만 왜 그렇게 나약한 거야!' 채찍질도 해보지만, 도저히 다른 걸 할 의욕도 안 생기고 체력도 바닥이다. 내일은 꼭 운동가자. 영어 공부를 하자. 그렇게 무의미한 다짐만 쌓인 채로 끝나버렸다.

내가 해고당한 이유는 회식에 불참했기 때문이다. 큰 맥락으로 보자면 사장님의 명령 불복종이 되겠다. 내가 다닌 회사의 사장님은 출장이 잦았다. 그 때문에 회사를 자주 비웠고 그 간극을 회식으로 대체하려 했다. 공식적으로 회식이라고 선언하면 차라리 낫다. 사장님께서 사무실에 오는 날이면 회식인지 아닌지 직원들끼리 눈치 게임 시작. 암묵적으로 개인 스케줄을 취소했다. 어쩌다 돌발 회식에 가지 못하면 어김없이 다음날에 눈치를 줬다. 그날도 그랬다. 갑작스레 사장님이 사무실에 오는 길이라는 전화가 왔고 남자 직원들만 남으라고 했다. 비켜나갔다는 안도의 한숨을 쉬고 업무를 마무리하려는데 퇴근 시간 10분 전 전 직원 모두 남으라고 통보했다. 한 시간 정도를 기다리다 치과 예약이 있어 먼저자리를 뜨게 됐다. 지하철역으로 가면서 사장님께 전화해 죄송하다고 요즘 이가 너무 아팠다고 구구절절 변명했지만, 이미 반항적이고 비협조적인 사람이 되어버렸다. 난 그대로 무기력하게 밀려났다.

회사에 다니며 누구나 사표를 가슴에 품고 있지만, 타인에 의해서 사표를 내게 된다면 의미가 매우 다르다. 그토록 염원하던 퇴사인데 해고를 번복해줄 수 없냐고 질척거리고 싶었다. 사실 기다리라는 사장님의 말에 그대로 할 수도 있었지만 화가 났다. 매번 마음대로 회식을 정하고 휘둘리나. 내 시간도 소중한데 전혀 존중받고 있지 못함에 될 대로 되란 식으로 치과를 핑계로 나온 것이다. 나의 상식선에서는 이런 이유로 해고를 당할 리 없을 거란 근거 없는 자신감이 있었다. 세상에는 나의 상식과는 360도로 돌아버린 다른 사람도 존재한다는 뼈아픈 교훈과 함께 백수가 되어버렸다.

해고를 당한 사람이든 자발적으로 퇴사를 결심한 사람이든 가까운 지인들에게 이 소식을 전하는 것은 어렵다. 때로는 나를 걱정하는 마음에서 비롯된 진심 어린 조언도 주제넘을 때가 있다. 너무 지치는 날에는 그저 내 푸념을 들어줬으면 좋겠다. 현실적인 조언도 어설픈 동조도 와닿지 않는다. 말을 포장하는 것은 허울뿐이라지만 포장지가 예뻐야 더 설레는 법. 누군가가 힘듦을 고백하는 날이면 상냥한 위로만을 건넬 것이다. 오늘의 내가 바랐듯이 묵묵히 들어줄 것이다.

　저녁에는 풀죽은 나를 애잔하게 여긴 남동생이 나
의 최애 음식 탕수육을 사주며 사기를 북돋아 주었다.
남동생이 초등학생 시절 나의 돼지 저금통을 훔쳐다가
자신의 여자친구 꽃다발을 선물했던 일이 생생하다. 이
놈이 철이 좀 들었구나 싶어 피식 웃음이 났다. 분명 나
는 심각했다. 우습게도 탕수육은 언제나처럼 황홀하게
맛있었다. 탕수육을 먹으며 친구들이 전하는 위로 메시
지들을 읽었다. 잔을 기울이며 엄마도 그동안 고생했고
당분간 좀 쉬라고 했다. 내가 잘린 날은 억울하고 슬퍼
서 먹먹한 하루. 동시에 고맙고 감동하여 먹먹한 하루였
다. 회사 잘리면 지구 종말처럼 큰일 나는 줄 알았다. 멸
망은커녕, 나를 둘러싼 관계들은 변함없이 날 지탱해주
었고 탕수육은 맛만 좋았다.

시간 만수르

　세계적으로 부유한 중동 재벌 만수르. 백수가 아니었더라도 나와 그의 부의 간극은 엄청나다. 일을 안 하는 현재는 더욱더 그와 멀어진다. 경제적으로 궁핍한 백수지만 넘쳐나는 것은 무엇일까? 시간이다. 나는 중동 재벌과 견주어도 손색없는 '시간 만수르'이다. 일 다닐 때는 시간만 주어지면 무엇이든 할 수 있을 것 같았다. 바라던 대로 무한대의 시간이 주어졌지만 절제가 없는 자유는 속박이었다. 모두가 빨리 감기를 한 듯 바쁘게 돌아가는 세상에서 나 혼자 닻처럼 고여있었다.

　아무것도 하지 않은 것은 아니었다. 퇴사하자마자 외국 항공사 승무원 준비를 했다. 완전히 새로운 세계적

무대. 높은 연봉과 빵빵한 복지. 승무원의 화룡점정 유니폼! 항상 동경해왔지만 영어 실력이 발목을 잡았다. 20년 넘게 엄마 그늘 밑에 살아와서 독립이 무섭기도 했다.

회사 다니는 동안 꾸준히 영어 공부를 했고 퇴사 후에는 독기가 올라 독립 따위 두렵지 않았다. 해고라는 불명예를 회복하고 나의 가치를 입증해 보이고 싶었다. 나의 적성과 맞고 폼나 보이는 직업으로 승무원이 제격이었다. 물론 밝은 면만 보고 택한 것은 아니었다. 승무원은 나이 제한이 있기에 급하게 뛰어들었다. 그때는 2019년 2월로 아직 코로나의 심각성에 대해 모를 때였다. '면접에 붙으면 그 후에는 어떻게든 되겠지'라며 안일하게 생각했고, 곧 좋아질 줄 알았다. 일 년 넘게 마스크를 쓰고 다녀야 할 줄 누가 예상했을까. 재난은 점점 더 악화되어 면접조차 볼 수 없었다. 갓 면접에 합격한 사람도 비행기 한 번 못 밟은 채 입사가 취소되었다.

그 후에도 무엇을 하고 싶은지 모른 채 취업 준비의 기본. 토익과 영어 회화 점수 올리기에 매달렸다. 토익은 절대 만만한 시험이 아니었다. 스피킹 시험은 접수비가 8만 원이나 했다. 취업준비생들이 돈이 어딨다고 저렇게 받을까. 시험을 볼 때면 내 지갑도 찢어지고 내 마음도 찢어진다. 관련 없는 분야임에도 영어 공인점수를 기본으로 여기는 회사의 횡포에 울며 겨자 먹기로 시험을 볼 수밖에 없었다. 점수를 올려놓고 닥치는 대로 이력서를 넣었다. 기왕이면 영어 실력이 퇴화하지 않게 영어를 쓰거나 창의적인 업무를 하고 싶었다. 코로나는 안 그래도 좁은 취업 문을 바늘구멍보다 더 좁혀놨다. 찬밥 더운밥 가릴 처지가 아니었다. 심지어 나는 대기업이 목표도 아니었다. 일찌감치 숨 막히는 경쟁에서 벗어나 중소기업을 가려 했다. 처참한 임금과 복지라곤 탕비실 간식이 전부인 중소기업도 수백 명의 지원자가 달려들었다.

겨우 중소기업에 합격했다. 전산 업무였는데 활발하고 창의적인 활동을 좋아하는 나와는 너무 맞지 않았다. 지겨운 숫자, 숫자, 숫자. 돈만 보고 급하게 결정한게 탈이 났다. 하루하루가 '죄송합니다' 연속이었다. 3개월 수습 기간 이후 또 잘렸다. 처음으로 정직원도 되지 못했다. 서비스 업종에서 일할 때는 센스 있다는 말을 참 많이 들었다. 일머리 하나는 자신 있었는데 오만한 착각이었나 보다. 다음에는 늦어지더라도, 흥미와 성취를 느낄 수 있는 회사에 들어가야 한다는 교훈을 얻었다. 또다시 취준생 2막을 시작했다. 그나마 면접이라도 잡히면 괜찮은 하루였다. 영혼을 갈아 넣은 자기소개서도 답이 없을 때가 많았다. 내내 연락을 기다릴 때면 한 시간도 너무 길었다. 보이지 않는 미래 앞에 넘쳐나는 시간은 너무나 가혹했다. 백수가 되어 우울한 티를 내면 얕잡아 보일 것 같았다. 더욱더 당당한 척, 씩씩한 척했지만 조금씩 지쳐갔다. 무기력을 탈피하려고 헬스와 영어 공부도 등록했다. 코로나로 인해 전부 막혔다. 마음 뻥 뚫리게 여행을 갈 수도 없었다. 나의 방만 오롯한 나의 자유였다. 방에 틀어박혀 내내 잠을 잤다. 잠결에 방문 너머로 엄마의 걱정하는 한숨을 들었다.

'미안해 엄마. 나도 해보려고 했는데 잘 안돼. 최선을 다했냐고 묻는다면 그건 아닌 거 같아. 더 열심히 해야 하는데 면접은 매번 봐도 무서워. 내가 상품이 되어 평가받는 게 익숙해지지 않아. 엄마 친구 딸은 용돈도 주는데 나는 짐이 되어서 미안해. 무엇보다 세상 누구보다 멋진 우리 엄마인데, 가끔 우리 집은 왜 금수저가 아닐까 원망했던 게 제일 미안해.'

전하지 못할 말을 품은 채 또다시 잤다. 현실에서도 잠 속에서도 꿈은 없는 암흑이었다.

한코 한코 상처를 엮어가는 뜨개질

두 번의 해고와 오랜 취준 생활로 내 마음은 너덜너덜 닳아 버렸다. 그런 나를 다시 움직이게 한 것은 여동생이 던져 준 실뭉치였다. 정리하던 중 여동생이 예전에 뜨려고 산 실뭉치를 발견한 것이다. 여동생은 뜨개질에 젬병이다. 조금 뜨다 만 목도리는 여기저기 코가 빠져 구멍이 보였다. 나는 어릴 때부터 앉아서 사부작사부작 손으로 하는 것들을 좋아했다. 뜨개질도 그중 하나다. 처음 배울 때는 여러 실 가게를 찾아다닐 만큼 열성이었다. 곧 흥미를 잃었지만. 재룟값, 정성, 시간을 따져보면 기성품보다 가성비가 낮았기 때문이다.

이거 갖고 놀아. 여동생이 내 방으로 실뭉치를 밀어

넣었다. 마침 할 것도 없고 핸드폰만 보기에는 지겨웠던 참이었다. 중학생 이후 잡아본 적 없는 대바늘이라 기억이 날까 싶었지만, 신기하게 몸이 기억했다. 한코 한코 겉뜨기 안뜨기. 집중하다 보면, 누워있을 때 멈춰만 있던 시간이 쏜살같이 지나있어 좋았다. 처음에는 언제 떠서 목도리가 되나 싶었다. 생각보다 한 시간만 투자해도 눈에 띄게 목도리 길이가 늘어나 있었다.

언니 잘하네. 벌써 그만큼이나 했어? 여동생이 칭찬했다. 탄력을 받아 바느질 속도는 가속화됐다. 누워만 있던 내가 앉아서 꼼지락 거리는게 신기했는지 엄마도 나를 구경했다. 그 시선을 즐기며 의기양양 바쁘게 바늘을 움직였다. 3일에 걸쳐 짙은 회색 목도리를 완성했다. 대단한 것은 아니지만 뜨개질은 내게 커다란 성취감을 안겨주었다. 이 성취는 말라 있던 나의 영혼에 달콤한 생명수였다. 아무도 나에게 너는 쓸모없고 못났다고 말하지 않았다. 나만 빼고. 내가 나에게 제일 모질었다. 드디어 나는 엄격한 나에게 인정을 받았고 다시 도약할 힘을 얻었다. 희망이란 멀지 않은 곳에 있는데 어쩌면 우리가 너무 어렵게 생각하는 건 아닌가 싶다.

뜨개질로 배운 것은 두 가지다. 하나는 마음이 우울할 땐 생각을 비워야 한다는 것. 생각이 많을 땐 부정적으로 기울어지기 십상이다. 생각을 비우기 위해서는 몸을 움직여야 한다. 인간은 수렵과 농경 생활을 하며 활동적으로 지낸 세월이 훨씬 길다고 한다. 우리의 DNA와 근육 체계는 몸을 움직이도록 설정되어 있다. 현대인들은 사무실에서 갇혀 머리만 쓰니 우울증이 깊어진다고 했다. 경험해본 바 이 말에 적극적으로 동의한다.

뜨개질로 배운 또 다른 하나는, 무기력할 땐 거창한 목표를 잡지 말 것! 아주 쉽고 사소한 일을 목표로 설정해야 한다. 당연한 거라도 목표로 잡고 내가 이뤄냈다고 인식하는 순간 달라진다. 가령 밥 먹고 설거지 바로 하기. 일주일에 일기 1번 쓰기. 하루에 한 번 바깥 공기 쐬기 같은 것들. 무기력할 땐 예전엔 당연했을 일도 힘겹다. 곧 바스러질 것 같은 나무에 꽃부터 피우라는 것은 무리이다. 작은 성취로 한방울 한방울 적셔줘야 한다. 그렇게 목표의 난이도를 높여가면 어느새 아름다운 꽃을 피워 낼 것이다.

우울할 때 자존감을 높이려 책도 읽어 보고 영상도 많이 봤다. 나를 있는 그대로 사랑해주세요. 그걸 어떻게 하는 건데? 나를 응원하는 일기도 써보고 장점을 나열해보기도 했다. 한결 기분이 나아지는가 싶다가도 그때뿐. 변하지 않는 답답한 상황의 연장선에서 나를 사랑할 수 없었다. 그 어렵기만 한 자존감이 나는 성취에서부터 비롯되었다. 내가 해낼 수 있다는 믿음과 실질적인 체험. 뜬구름 같았던 자존감이 확실하게 채워지는 순간이었다. 한가지의 미션을 달성하고 나니 또 다른 것에 도전하고 싶었다. 안되면 되는 거 하자. 세상에 내가 할 수 있는 일은 많다.

사과와 계란 후라이

　이 단어의 공통점이 무엇일까? 엄마가 얼마나 나를 아끼는지 나타내는 증표이다. 백수는 나의 인간관계에 대해 돌이켜볼 수 있는 시기다. 일 할 때는 한 명, 한 명 가족과 친구에게 신경 쓸 여유가 없었다. 바쁜 것은 참 나쁘다. 진짜 소중한 게 무엇인지 가려낼 수 없게 만든다. 영원할 것 같은 관계도 돌보지 않으면 삐걱거린다. 손 쓸 수 없을 정도로 고장 나기 전에 돌아 볼 수 있는 기회가 생겨 감사하다.

　사각사각-사과를 깎는 엄마의 팔에 오소소 닭살이 돋아난다. 엄마는 사과를 깎을 때 나는 소리가 너무 소름 끼친다고 한다. 익숙해질 만도 하지만 엄마는 사과를 깎을 때면 신기하게도 항상 닭살이 돋았다. 어릴 때는 엄마 귀에 사각사각-소리를 흉내 내며 속삭였다. 부르르-소름에 몸을 떠는 엄마의 반응을 즐기곤 했다. 그러다 꼭 한 대씩 맞았지만 장난칠 가치가 있었다. 그 때문에 엄마는 사과도 잘 먹지 않는다. 본인은 좋아하지도 않으면서 내 아침에는 매번 반듯하게 깎아진 사과가 올려졌다. 엄마는 출근 준비만으로도 빠듯할 텐데 언제나 사과를 깎아 놓았다. 사과만 먹으면 허하니깐 들기름에 달달 구운 계란 후라이도 같이 준비해 놓는다.

'상현지, 늦게 일어나서 굶고 다니지 말고 잘 챙겨 먹어. 너는 엄마가 과일 사다 놓으면 어째 생전 찾아 먹지를 않니. 하여튼 게을러. 아침에 먹는 사과가 금 사과래. 사과 먹으면 스케일링도 안 해도 된다더라. 사가 사각-어휴 소름 끼쳐. 엄마 나간다. 후라이랑 사과랑 해서 먹어.'

자칫 들으면 타박에 가깝지만, 그 속에서 엄마의 깊은 사랑이 전해진다. 일을 다닐 때도 나를 챙겨주는 엄마의 고생에 미안하고 감사했지만, 여운을 오래 즐길 수 없었다. 백수가 되어서는 엄마의 희생과 사랑에 대해 천천히 곱씹어 볼 수 있었다. 엄마가 내게 베풀어준 사랑에는 대가도 없고 조건도 없다.

　나는 타인을 위해 내가 싫어하는 것을 20년 넘게 지속할 수 있을까? 고민할 것도 없이 대답은 아니오. 29살을 살았지만 성숙해지려면 아직 멀었나 보다. 엄마가 되면 자연스레 사랑이 커지는 걸까. 아니면 나의 엄마, 박연숙이라는 사람이 유독 정이 많은 걸까. 나 말곤 책임져본 적 없는 나는 알 수 없다. 솔직하게 엄마처럼 자식을 위해 살게 될까 봐 두렵기도 하다. 온통 나로 가득 찬 내 마음에 나보다 소중한 존재가 생긴다는 감정이 궁금하기도 하다. 나는 엄마를 닮았다. 아이를 갖게 된다면 나 역시 엄마처럼 자식을 대할 것 같다. 아직은 먼 얘기. 결혼할지조차 모르겠다.

　앞일은 거둬두고 당장 오늘 저녁은 엄마가 좋아하는 해물 로제 파스타를 요리해야겠다. 저녁에는 주로 내가 요리를 한다. 엄마를 위해 음식을 만들며 알게 된 점.

엄마는 생각보다 경험하지 못한 음식이 많다. 정보도 부족하고 낯선 음식에 도전하기를 꺼린다. 세상에 맛있는 음식이 넘쳐나는데 나 혼자 먹고 다녔던 것을 반성한다. 나는 흔히 접한 메뉴인 '에그 인 헬'을 만들었을 때, 그릇을 싹싹 비워 놀랐다. 타코도 매우 좋아하셨다. 우리 엄마인데 내가 너무 몰랐다. 어릴 때 엄마가 내 손을 잡고 맛있는 식당에 데려갔듯이, 이제 내가 엄마의 세계를 넓혀 줄 차례이다.

다 같이 돌자, 뚝방 한 바퀴

우리 동네는 백수 친화적이다. 돈을 내지 않고 이용할 수 있는 자연이 가깝다는 말이다. 특히나 나는 산세권에 살아서 계양산이 코앞이다. 굴포천을 따라 조성한 뚝방길과 서운체육공원도 훌륭한 산책로다. 굴포천은 냄새나고 녹차라떼처럼 녹조가 두껍다. 그래도 주변엔 푸른 논밭도 있고 엄지만 한 새끼 맹꽁이도 만날 수 있는 자연의 축소판이었다. 일 다닐 때는 이 좋은 혜택을 두고 나가지도 못할 헬스 회원권만 낭비했다. 일 끝난 후 운동을 다니는 사람들 정말 존경한다.

나에겐 뚝방길 멤버가 있다. 중학교 때부터 알고 지낸 절친들이다. 도동 괴물 이라는 캐릭터를 닮은 다리가 긴 '도동'. 말랐지만, 대식가인 '부따'. 일본어 시간에 배운 돼지라는 단어다. 그들도 코로나로 인한 피해자였다. 장기간의 휴직을 나와 함께했다. 독립적이고 중심을 잘 잡아주는 부따와 긍정적이고 엉뚱한 도동과의 조합은 언제나 즐겁다. 사실 셋이서는 자주 보았어도 도동과 둘이서만 논 적은 없었다. 뚝방길을 걸으며 둘이 볼 기회가 많아졌고 가까워졌다. 뚝방길은 우리에게 참 뜻깊은 장소다. 낮에는 계양산에 올라 청설모를 보고 귀여워서 꺅꺅거리고, 서로 밀고 당겨주며 정상까지 올라갔다. 정상을 정복할 때면 돈, 미래의 불안 따위 탁 트인 하늘에 흩어진다. '아침부터 성실하게 땀 흘리며 움직이는 나'라는 뽕에 거나하게 취한다. 그 순간만큼은 내가 퍽 괜찮은 사람처럼 느껴졌다.

아침부터 산을 타도 남아도는 시간을 어찌 해결해야 할지 고민이었다. 우리는 저녁에 뚝방길을 걷기로 했다. 굴포천 뚝방길은 내가 사는 계양구부터 삼산동까지 이어져 있다. 재잘대며 걸어 갔다 오면 1시간이 조금 넘는다. 산은 계절을 많이 타서 자주 가진 못했지만 뚝방길은 매일같이 나갔다. 우리는 서로의 연애, 가족끼리 있었던 일, 인간관계의 고민, 진로 등 다양한 범주를 넘나들며 말을 쌓아갔다. 뚝방길은 단순한 길이 아니었다. 우리의 희로애락이 곳곳에 담겨있는 인생 그 자체였다.

백수는 인간관계를 되돌아볼 수 있는 거울 같은 시간이다. 앞에서 거론한 것처럼 마냥 밝은 것은 아니었다. 해로운 관계를 정리할 때도 있었다. 백수일 때 다가온 남자가 있었다. 그는 내 취향과 거리가 멀었지만 나는 의지할 곳이 필요했다. 안정적인 그의 직업이 멋있어 보였다. 그는 불도저처럼 밀어붙였다. 나에게 잘해줄 것 같아 만나보기로 했다. 우리는 서로의 기대와는 너무 다른 사람이었다. 빠르게 빠져든 것처럼 이별도 덧없이 짧았다. 내가 받을 것을 먼저 기대하게 되는 관계는 건강할 수 없다. 나에게 잘해 줄 것 같은 사람이 아니라, 내가 잘해주고 싶은 사람을 만나야 한다. 그래야 계산 없이 주고 사랑할 수 있다는 교훈을 얻었다. 백수라는 상황은 나를 의존적으로 만들었다. 더욱이 그는 연애보다 개인 시간이 더 중요한 사람이었다. 자존심이 상해 티 내지 않았지만, 그 사람의 행동과 말투 하나에 서운하고 불안했다. 삐죽한 마음을 감추려 애썼지만, 은연중에 그는 느꼈을 것이다. 나의 역할이 분명한 근로자 일 때는 좀 더 독립적인 연애를 했다.

백수의 연애가 모두 의존적인 것은 아니다. 만나는 사람의 성향 따라 다를 것이다. 안타깝게도 백수인 나는 평온하지 못했다. 그런 나에게 연애는 독이었다. 힘들 때 잠시 다른 사람에게 기댈 수 있다. 계속해서 내 다리로 서지 못한다면 그 사람에게 끌려다닐 수밖에 없다. 연애 시작 후 감정 기복이 널뛰기를 한다면 하루빨리 도망쳐라. 시간 지날수록 못 볼 꼴 다 보고 구질구질해진다. 외로워서 누군갈 만날 땐 이성이 마비된다. 날 품어줄 산인 줄 알았지만 날 삼켜버릴 늪인 경우가 많다. 혼자일 때 외로운 것보다 둘일 때 외로운 게 더 비참하다. 외로움을 사람으로 채우기보단, 취미, 공부, 다른 성취들로 채우길 추천한다.

찰나의 만남 동안 지독하게 시달렸다. 이별의 아픔 역시 친구들이 뚝방길에서 달래주었다. 나 혼자였다면 방안에만 틀어박혀 안 나갔을 것이다. 나의 걸음과 발맞춰 따라오던 친구들의 웃음소리가 없었다면 뚝방길은 너무 쓸쓸했을 것이다. 나는 혼자가 아니었다. 홀로 백수가 아니라는 든든함과 동질감. 야 나두! 나두 백수야. 놀라운 건 꽤 많은 고등학교 친구들이 백수였다. 정보가 알흠알흠 모여 우리는 백수 커뮤니티를 구축했다. 공부, 해고, 휴직 저마다의 이유는 달랐지만 우리는 하나였다. 반가운 얼굴들이 더해져 뚝방길을 함께 했다. 우리는 치열한 백수시기를 함께 버텨온 전우였다.

백수는 잠도 많이 자고 꿈도 많이 꾼다

　　백수가 누릴 수 있는 최고의 flex는 단연코 낮잠이
다. 원래 꿈을 안 꾸고 깊이 자는 편이다. 이상하게 낮잠
을 자면 '꿈'을 자주 꿨다. 꿈속에서 뜬금없는 오랜 지인
이 나오기도 하고 둥실둥실 날아다니기도 했다. 꿈에서
깨고 나면 또 다른 '꿈'에 대해 생각했다.

　　현지야 너는 무얼 하고 싶니? 어릴 때는 TV에서 직
업이 나올 때마다 꿈이 바뀌었다. 털이 부드러운 고양
이. 엄마. 가수, 대통령, 디자이너, 화가. 동물 사육사. 어
린 내가 바라본 나는 가능성이 무궁무진했다. 세상은 나
를 주인공으로 돌아가는 TV 속 장면이었다. 꿈을 먹고
사는 문제와 귀결시키는 순간부터 나의 TV는 화면 조정

시간에 멈춰버렸다. 진짜 내가 원하는 것과 경제적인 안정성. 둘 다 포기하고 싶지 않기에 이토록 헤매온 것이다. 두 가지의 간극을 잘 타협해 최고의 화면조정을 완성할 것이다. 세월이 조금 흘렀을 뿐, 나는 그대로 나로 존재한다. 편견 없는 어린 나의 시선으로 보면 지금도 무엇이든 될 수 있다.

어른들이 말했다. 꿈은 현실적으로 생각해야 해. 꿈과 현실이라니. 얼마나 모순적인 조합인가. 29살 상현지의 사회적 위치는 어른이다. 아직 우리 엄마 아기 라고 부정하고 싶다. 나에게 세상은 처음인 것투성이다. 매일 부딪히고 깨지면서 배우고 있다. 이렇게 미성숙한 내가 어느덧 내게 조언했던 어른들의 나이가 되었다. 사회 물 좀 먹었다고 세상의 진리를 통달할 수 없고, 타인의 결정에 잔소리할 위치는 더욱 아니다. 우리 모두 오늘은 처음 산다. 처음부터 정답을 아는 사람이 어딨는가. 남이 뭐라 하든 나하고 싶은거 하고 살란다. 지금 같은 혼란한 시대에는 현실적인 꿈이라는 게 무엇인지 더욱 모호하기만 하다. 주목받던 수많은 직업이 코로나, 자동화, 인공지능 등의 이유로 사라지고 축소되고 있다. 전문가

들은 머지않은 미래에 AI의 발전으로 인한 인간의 노동 종말을 예견했다. 우리는 완전히 새로운 시기가 도래하는 과도기에 서 있다. 그때에는 소수를 제외하고, 노동을 하지 않고 살아간다고 한다. 모두가 백수인 세상. 지금부터 백수로 지내는 내가 미래에 슬기롭게 적응하는 선구자가 될지도 모르겠다.

현실적인 길로 걸어가면 안정적이고 행복할 줄 알았다. 삶은 닭가슴살같이 퍽퍽한 나날이었다. 안정적으로 보인 길도 직접 가보니 달랐다. 온갖 변수가 있었다. 코로나를 누가 예상했을까. 어차피 알 수 없는 미래라면, 원하는 길을 가는 헨젤과 그레텔이 될 것이다. 마녀 같은 위험을 만날지도 모른다. 적어도 그들은 쿠키를 줍고 과자 집을 뜯어먹을 때 행복했다. 우여곡절이 있었지만 과자 도둑 남매의 결말은 해피엔딩이다. 그들처럼 나의 소망을 따라가면 행복할 거라 믿는다.

나의 소망은 무엇인지 생각해보았다. 나는 어릴 때부터 그림 그리는 것을 좋아했다. 흰 도화지에서 나는 전지전능한 창조주다. 알록달록 색깔은 바라만 봐도 흐뭇하다. 친구의 교과서에 낙서를 자주 했다. 대회에서 상도 더러 받았다. 미술을 배워 전공하고 싶었지만, 용기가 나지 않았다. 엄마는 혼자 세 남매를 키웠다. 비싼 미술학원과 재료비로 부담 주고 싶지 않았다. 무리해서 미술을 전공했는데 나의 재능이 특출나지 않는다면? 예술업계는 박봉에 전망도 불투명한데 내가 자리 잡을 수 있을까? 도전보다 회피를 선택했다. 다른 사무업종 취업 준비를 하며 붓을 놓았다. 그림으로 밥 벌어먹을 것도 아닌데 그려서 뭐 해. 삐뚤어진 미련은 가지 못한 길을 아예 외면해버렸다. 여태 후회할 줄 모르고.

나는 말하는 것도 좋아했다. 태어났을 때부터 나는 옹알옹알 말이 많았다. 학교에서 발표를 시키면 정답을 알든 모르든 손부터 들었다. 여러 사람이 날 주목해주는 게 좋아서 항상 반장선거에 나갔다. 화가 나거나 슬플 때 혼자 삭히는 사람이 있는 반면에, 사람들과 대화를 해야 울분이 풀리는 사람이 있다. 그게 나다. 물론 기쁠 때도 친구와 가족에게 조르르 달려간다. 기쁨은 함께할 때 두 배가 된다. 고요한 새벽 시간에 나누는 대화를 특

히 사랑한다. 멈추기 아쉬워 새벽까지 속삭이는 마음이
애달프다. 은밀히 밝혀주는 달빛 때문일까. 새벽은 솔직
하게 만드는 묘한 힘이 있다. 진솔한 얘기를 터놓을 때
서로에게 한 뼘 가까워진다.

이마저도 마음을 대신하지 못할 땐 편지를 썼다. 편
지로도 하기 어려운 말은 일기를 썼다. 나이를 먹어가며
점점 속 깊은 얘기를 털어놓기 어려웠다. 고맙게도 가족
과 친구들은 언제나 내 이야기를 잘 들어준다. 다만 서
로가 짊어지는 책임의 무게가 늘어가고 있는 게 보일 뿐
이다. 구태여 나의 한숨을 더하고 싶지 않기에 말을 아
꼈다. 때로는 나 혼자 간직해야 할 이야기가 있다는 것
을 알게 되었다.

커가면서 말보다 글을 쓰는 비중이 커졌다. 말은 상
대를 필요로 하지만 글은 독립적이다. 여과 없이 나의
감정과 생각을 갈겨 쓰고 종이를 찢어버리면 그만. 내
가 이런 말을 하면 상대의 기분이 어떨지. 나에 대해 어
떻게 생각할지 신경 쓰지 않아도 되어서 좋다. 자유롭게
쓸 때 나에 대해 많이 알게 됐다. 말은 한번 뱉으면 돌이

킬 수 없어 무겁기도 하며, 말은 뱉은 이후 흩어져버려 한없이 가볍기도 하다. 고심하여 쓰고 지우고를 반복하고 영원을 담아내는 글을 쓰는 게 더 좋아졌다.

나는 말이 아닌 글과 그림으로서 세상과 소통하는 사람이 되고 싶다. 작가 겸 디자이너. '멀티 아티스트 상현지'가 현재부터 나를 나타내는 단어이다. 배워나가야 할 것이 아주 많다. 늦었다는 말도 들었다. 인생 길게 보자. 지금은 100세 시대! 도전 못 할 것은 키즈 모델뿐이다. 한계는 스스로 정하는 것이다. 물론 내가 예술로 성공 할거란 보장은 없다. 더이상 가능성만 따지며 망설이는데 시간을 허비하지 않을 것이다. 좋은 결과라면 성취로 아쉬운 결말이라면 경험으로 남을 것이다.

백수는 무엇으로 사는가

　　백수라고 자본주의의 굴레에서 벗어날 순 없다. 경제활동을 해야 한다. 엄마가 압박을 준 것은 아니었다. 스스로 눈치가 보였다. 아르바이트를 구하기로 했다. 정규직으로 취업하면 최상이겠지만 구직활동이 길어질 것 같았다. 아르바이트 구하는 것도 하늘의 별 따기였다. 코로나로 인해 창업자들이 큰 타격을 받았기 때문이다. 더욱이 29살은 아르바이트생으로 환영받는 나이가 아니다. 어른이라고 세금은 많이 걷어가면서 한국 사회는 나이에 너무 각박하고 예민하다. 각자의 성장 속도는 다른데 기회조차 주어지지 않는다.

　　기회가 주어지지 않는다면 열릴 때까지 두드려야지. 나는 영어를 가르치는 일에 도전했다. 그리고 무경력

무스펙으로 영어 선생님이 되었다. 경력이 풍부한 분야에 지원해도 뽑히기 힘든 상황이었다. 지원 당시 교육업에 종사한 적은 한 번도 없었다. 고학력자도 아니고 해외경험자도 아니다. 입증된 건 중위권의 영어 공인점수뿐이었다. 혼자서 영어를 계속 공부했다. 그동안 노력한 역량을 시험하고 싶었다. 아이들이 나로 인해 배울 수 있다면 무척 뿌듯할 것 같았다. 당장 고등학생을 가르치기는 역부족이었지만, 저학년 친구들은 가르칠 수 있을 거란 자신감이 있었다.

수십 군데 지원했지만 연락 오지 않았다. 그러던 중 '예능 유치원'에서 면접 제의가 왔다. 그곳은 내가 졸업한 유치원이다. 초등학생 때까지 부설 영어학원도 다녔다. 반가운 마음에 지원했지만 사실 갈 생각은 없었다. 유치원 아이들은 다루기 버겁다고 생각했다. 고백하자면 아이를 그다지 좋아하지도 않았다. 작은 인간. 그 이상 이하도 아니다. 이 사실을 되뇔 때마다, 나의 자본주의가 낳은 괴물 적 면모를 느낀다. 다른 지원자들의 스펙을 살펴봤다. 3년. 5년. 나와 비교조차 안 되는 경력의 소유자들. 가봤자 안될 거야. 면접 당일까지 갈지 말지 고민했다. 거절도 익숙해질 겸 눈 딱 감고 갔다. 결과는 불합격. 그러나 따뜻한 탈락이었다. 놀랍게도 유치원 때 날 가르쳐주셨던 선생님이 그대로 계셨다. 날 기억하셨다. 어릴 때 얼굴이 있다며 날 반기셨다. 졸업앨범을 같이 보며 추억에 잠겼다. 지나간 세월 동안 얼마나 많은 아이를 길러내셨을까. 스쳐 지나가는 아이가 아니라 '상현지'로 간직해주셔서 뭉클했다. 어릴 때 나는 유난히 선생님들을 잘 따라 이쁨을 많이 받았다고 한다. 그때의 나는 요건은커녕 맞춤법도 잘 몰랐다. 아무것도 이룬 것 없었지만 있는 그대로 사랑받았다. 백수로 지내며 나는 사랑받을 자격이 부족하다 생각했다. 향수를 자극하는 예능 유치원을 다녀온 후 깨달았다. 지금도 충분히 존재 자체로 존중받아야 마땅하다.

취업은 안 됐지만 선생님께서 티칭스킬을 가르쳐주셨다. 영어 수업 참관도 허가해주셔서 많이 배웠다. 아가들이 지나다닐 때마다 안아주고 싶은 포근한 섬유유연제 향이 났다. 몰랐는데 내가 아이를 좋아했나 보다. 열심히 a, b, c를 따라 하는 아가들을 보며 극명하게 느꼈다. 저 순수하고 반짝이는 눈망울을 보라. 누가 그들에게 스펙이 없다고 가치 없다 하겠는가. 내가 미워지는 날이면 해맑은 어린 나를 떠올릴 것이다. 직장이 없어도 돈을 못 벌어도 모두 어여쁘다. 선생님의 격려를 흠뻑 받고 나섰다. 망설였지만 면접 다녀오길 정말 잘했다.

그 뒤로도 몇 번이나 낙방했다. 계속 두드리니 열렸다. 영어학원 보충 선생님으로 일하게 되었다. 누군가에겐 보잘것없어 보일 수 있다. 신세 한탄만 하면 발전할 수 없다. 나는 이 기회를 발판삼아 나아갈 것이다. 현재 위치에서 묵묵히 노력하면 언젠가 빛을 본다고 믿는다. 감사하게도 원장선생님께서 날 좋게 봐주셨다. 이제 어엿한 초등학생 담임 선생님이다. 무해하고 순수한 아이들에게 나도 많이 배우고 있다. 아이들을 가르치는 것은 에너지 소모가 크다. 때론 진이 빠지지만, 그만큼 아이들의 실력이 향상됐을 때 보람도 크다. 드디어 흥미도 생기고 적성에도 잘 맞는 일을 찾았다. 비워야지만 채울 수 있다는 것을 느꼈다. 일하며 다른 분야를 탐색하긴 어려웠을 것이다. 나에게 백수는 결핍이 아닌 채움의 시기였다. 내가 될 거라는 확신이 없다면 끝까지 밀어붙이지 못했을 것이다. 백수는 '믿음'으로 살아간다. 무조건 될 거야 라는 낙관적 관점이 아니다. 믿음을 토대로 목적을 위한 행위를 동반해야 한다. 그 행위를 지속시키는 원동력이 '믿음'이다. 첫술에 배부를 순 없다. 허술하고 비루한 처음을 견뎌내야 한다. 장인들에게도 초라한 초보 시절이 있다. 끈기와 믿음으로 버티다 보면 우리의 목표에 닿아 있을 것이다.

이로써 나도 N잡러 대세에 합류했다. 난 이제 막 글쓰기와 디자인을 배우고 있다. 전담 선생님으로 승격했지만, 여전히 비정규직이다. 겸손한 월급이지만, 예술 활동의 경제 뒷받침을 톡톡히 하고 있다. 운 좋게도 선생님이란 직업이 나랑 잘 맞았지만, 경제적 수단과 자아실현의 수단이 꼭 동일할 필요는 없다고 생각한다. 현실과 이상의 괴리감 때문에 좌절하지 않길 바란다. 모든 경험은 나에게 살이 될 것이다. 영어 선생님 경력을 바탕으로 외국에서 아이들에게 예술을 가르칠지 누가 아는가. 또 하나의 막연한 희망을 품으며 N잡러로 부지런히 살아갈 것이다.

오늘도 잘한다, 자란다

　멋있어! 사랑스러워! 상현지 네가 최고야! 언제 들어도 짜릿한 말. 타인에게 인정받으려고 부단히도 애썼다. 내가 관종이어서 더 칭찬에 목메었을 수도 있다. 그러나 정도의 차이만 있을 뿐, 사람들은 모두 인정욕구를 갖고 있다. 인정욕구는 백수의 자존감 도둑이다. 백수가 남에게 존경받을 확률이 얼마나 될까. 백수가 되어 한정적인 인간관계만을 유지했다. 인정받기 위해 타인만을 좇던 시선이 나에게로 옮겨지고 나서 깨달았다. 나는 항상 날 위해서 있는데 왜 남이 알아주기를 기다릴까. 나를 내 편으로 만들면 정말 든든하다. 원하는 말이 있으면 기다릴 필요 없이 바로 아낌없이 들려줄 수 있다. 홀로 있을 때 나만이 나를 응원하고 사랑할 수 있다. 겸손의 미덕은 잠시 버리자. 뭐 하나 쉬운 것 없는 백수에게 나만큼은 관대해져도 괜찮다. 실수해도 헤매도 나에게 외쳐주자. 잘한다, 잘한다, 잘한다! 독려하며 버티다 보면 자라있는 나를 발견할 것이다.

스스로 격려해보아도 백수의 근심은 끊임없다. 나 역시 얼마나 많은 밤을 눈물과 걱정으로 베개를 적셨던가. 걱정은 고리대금같이 계속해서 불어난다. 10분 뒤도 예측하지 못하는데 10년 뒤를 고민하며 전전긍긍 하는 게 우습다. 계획 없이 살자는 게 아니다. 마음을 편히 먹자고 말하고 싶다. 자꾸 부정적인 생각만 들 때 도움이 된 방법이 있다. 최악의 시나리오를 써보자. 나의 경우는 이러하다. 대머리가 되는 것. 소중한 사람이 아플 때 돈이 없어 치료를 못 하는 것. 돈 없이 외로이 늙어 죽는 것. 최악을 가정해보면 전환점과 돌파구가 보인다. 대머리가 된다면 처음에는 속상하겠지만 개성 있는 아티스트가 될 것이다. 트리트먼트 값 아껴서 탕수육도 사 먹을 수 있다. 가족들이 큰 병에 걸릴 것을 대비해 보험을 비싸게 들어놨다. 보험비로도 충당이 안 된다면 유튜브에서 춤추며 기금마련 방송이라도 하겠다. 돈은 조금씩 저축하면 된다. 지금부터 노인 커뮤니티를 활성화하도록 힘쓰겠다. 틀니도 들썩거리는 흥겨운 마을을 조성할 것이다. 터무니없어 보이겠지만 이런 식으로 생각하다 보면 마음이 한결 가벼워진다. 비로소 기울어진 마음이 평상심을 찾는다. 아무것도 일어나지 않은 현실에 안도와 감사함이 든다.

그럼에도 백수가 된 자신이 가장 우울해 보일 수 있다. 가정폭력범 아빠. 무스펙의 싱글맘에게 남겨진 초등학생 세 남매. 가족에게 명의도용 사기를 당해 생긴 수억의 빚. 전 남자친구의 고소. 부당해고 당한 첫 직장. 전부 한 사람. 나의 이야기다. 나보다 기구한 사연도 많겠지만 사건을 겪을 당시에는 내가 제일 절망적이었다. 이게 최악이겠지 라고 버티면 세상은 더한 시련을 주며 농락했다. 그래도 살아가다 보면 웃을 날이 온다. 지금은 빚도 다 갚고 남들처럼 저축도 한다. 그동안 겪은 일들에 비하면 일자리 하나 잃은 것? 귀엽다 귀여워.

여기까지 읽고도 괴로운 백수들을 위해 당부하고

싶은 말이 있다. 나는 일과 나를 동일시 여겼다. 그동안 정체성이라고 생각했던 일을 잃어버리면 당연히 고통스럽다. 일은 나를 대변하는 요소 중 아주 사소한 것이다. 대부분의 사람이 일을 제외하고 본인에 관해 설명하는 것을 어려워한다. 상황에 따라 시시각각 변하는 게 일이다. 정체성은 변덕스러운 일이 아니라 나에게서 채워야 한다. 내가 무엇을 할 때 행복하고 즐거운지를 끈덕지게 자문해야 한다. 답을 알지 못하고 백날 일해봐야 공허하다. 나에 대해 알면 길이 보인다. 일은 그 길을 실현할 수단이고 한 가지만 존재하는 게 아니다.

또한 백수시기가 길어진다고 낙담하지 말자. 백수로 보내는 2, 3년이 많이 뒤처지는 것 같아 불안할 것이다. 61세와 63세를 구분할 수 있는가? 쉽지 않다. 길게 보면 2, 3년은 미미한 차이다. 오히려 백수시기가 전화위복이 될지 누가 아는가. 적어도 나에게 백수는 소중한 시간이었다. 관계를 정립하고 꿈을 찾았다. 독자분들도 위기를 헤쳐나와 기회로 삼았으면 좋겠다. 내가 할 수 있으면 당신도 할 수 있다.

맺는글

　제 글을 읽어주신 당신, 초면에 사랑합니다. 이 글을 필두로 '엄마와 딸의 이야기, 연애, 친구 및 인간관계' 등 우리의 인생 이야기를 펼쳐보려 합니다. 어디에서나 있을 법한 이야기를 공감되고 뻔하지 않게 쓰는 것이 저의 평생 과제입니다. 이 글에는 친한 친구나 가족도 몰랐던 비밀이 담겨있습니다. 다음 글에도 하나둘 맘속에 숨겨놨던 얘기들을 털어놓을 예정입니다. '아픔을 말하면 약점이 된다'라는 말을 들어 보셨나요? 사람들이 저의 과거를 빌미로 대놓고 공격을 하진 않겠지만, 저에 대한 편견이 생기는 게 싫었습니다. 저와 비슷한 경험을 한 사람들도 많은데, 아직도 힘들다고 하면 저 혼자 유난스레 징징거리는 것 같았어요. 저뿐만이 아니라 모든 사람은 저마다의 아픔을 감추고 살겠죠. 모두에게 공개할 필요는 없습니다. 다만 저는 꽁꽁 싸매온 상처가 곪아서 티가 났어요. 특히 연애할 때 어려움을 많이 겪습니다. 백수여도 불안하지 않은 척. 정상적인 가정에서 사랑 많이 받고 자란 척. 제가 바라는 모습을 많이 꾸며냈어요. 물론 엄마께서 아빠 몫의 사랑을 아낌없이 주었습니다. 가장하는 것이 거친 세상을 뚫기 위한 저의 방어기제였던 것 같아요. 꾸며내는 것은 한계가 있습니다. 언젠간 들키지 않을까 불안했어요. 내가 원치 않은 모습도 나임을 인정해야 했는데 묵살해 버렸고, 자아가 혼란스러웠습니다.

자꾸만 힘든 마음 때문에 심리학 공부를 했을 때, 가장 첫 번째로 하는 것이 상처를 인정해 주는 거였어요. 이제 글로서 당당히 저를 밝힐 거예요. 누군가는 제 글을 읽고 편견이 생겨 멀리할 수도 있겠죠. 제가 피해준 것도 없는데, 속단하고 거리를 두는 사람을 거를 수 있어 땡큐입니다. 그때마다 마음에 스크래치는 나겠지만요. 갓 태어난 아기 사슴같이 여린 사람이거든요. 상처와 극복을 반복하다 보면 더욱 견고한 제가 될 거라 믿어요. 저의 이야기를 솔직하게 써 내려가면, 세상에는 말 못 했지만, 가슴에만 담고 있는 아픔이 있는 사람들이 공감할 수 있는 글이 될 거로 생각합니다. 아픔의 원인은 다르지만 결은 같으니까요. 제 글을 읽고 저의 작명처럼 상그레 웃음 짓는 게 현지 소원! 다음 책에도 만나기를 소원하며 이만 마칩니다. **-상그레-**

필구

항공사에 재직 중인 평범한 직장인.
'역마살이 있으며 먹고 마시고 놀기를 좋아하나 평생 궁핍함이 없다.'
라고 나오는 사주에 늘 감사하며 살고 있다. 어쩌다 맞이하게 된 강제
안식년의 일상을 기록으로 남기는 중이다. 안되면 내 탓, 잘되면 조상
덕이라는 강한 믿음이 있다.

안식년입니다만

〈프롤로그〉 안식년이 나를 찾아왔다

대학을 졸업하고 바로 입사한 나는 회사생활 내내 '갭이어(Gap year)'가 늘 아쉬웠다. 학생들이 학업을 마치고 사회에 나가기 전에 갖는 자유시간, 대학교수로 치자면 '안식년' 같은 이 기간에 여행을 하든, 봉사활동을 하든, 무언가를 배우든, 자본주의 셈법에서 벗어나 오롯이 나만의 시간을 가져보고 싶었다.

목줄 풀린 망아지처럼 대학 시절 내내 정신없이 뛰어 놀다가 내가 뭘 잘 하는지도 모른 채 회사에 들어왔고, 정신 차려보니 벌써 입사 10년을 훌쩍 넘기고 있었다. 궁금한 건 만사 제쳐두고 내 손으로 직접 해봐야 직성이 풀리고, 눈앞에 신기한 것이 있으면 누구보다 빠르게 마음을 빼앗기고, 조금만 익숙해지면 금세 싫증내던 인간이 첫 회사에서 강산이 바뀌는걸 보게 될 줄 누가 알았을까.

겉으로는 누구보다 치열하게 일하고 회사에서 인정받고 퇴근 후엔 여러 활동으로 남들 보기에 부러울 것 없는 직장생활이었지만, 에너지는 무한하지 않았고 나는 늘 '가보지 않은 길'이 궁금했다. 진급발표가 나던 날, 축하해주는 박수소리에 둘러싸여서도 마음 한구석으로는 여전히 안식년을 꿈꿨다. 거창한 이유는 없었다. 그저 회사를 빡세게 10년 이상 다녔으니 1년쯤은 늘어져 쉬며 바닥난 열정과 체력을 회복할 '숨 고르기'가 필요했다. 하루에도 수백 대씩 뜨고 내리는 비행기를 코앞에서 바라보며, 마음속으로 서아프리카 카나리아 제도에서 보내는 긴 휴가를 꿈꿨다. 얼마 후 회사에 상시휴직 제도라는 게 생겼지만 나는 이미 회사 짬밥을 먹을 대로 먹은 후였다. 이런저런 기회비용을 계산해보지도 않고 곧장 휴직서를 내밀만큼 호기롭지도 어리석지도 않았다.

몇 번의 기회가 올 때마다 번번이 스스로에게 핑계를 대며 계획을 미뤘다. 부서가 바뀌었으니까, 다음 달이면 추석상여가 나오니까, 후임이 자리 잡을 때까지, 내년에는 진급대상이니까, 곧 조직이 개편될 테니… 등등 만들려면 수백 개는 더 댈 수 있는 빤한 핑계를 앞세워 쉬고 싶은 욕망을 자근자근 밟아 억눌렀다. 그렇잖아도 남자들이 유리한 경쟁에서 허울 좋은 빌미를 제공하고 싶지도 않았다. 겪어보지도 않았으면서 나는 왜 항상 '휴식'이 '마이너스'라고만 생각했던 걸까.

그러다 얼마 안 있어 바이러스 세상이 되었고, 절반 넘는 직원들에게 강제 휴업통보가 날아왔다. 열심히 계산기 두드려댄 시간이 무색하게 찾아온 김빠지는 휴식이었다. 대학시절 내가 꿈꿔온 갭이어는 초원을 자유로이 내달리는 야생마였건만, 현실의 안식년은 처용탈을 쓰고 역병을 쫓는 전사의 모습으로 나를 찾아왔다. 계획과 달리, 전혀 예상치 못한 타이밍에… 마이크 타이슨의 유명한 복싱명언이 머릿속을 스쳐지나갔다.

"Everybody has a plan until they get punched in the mouth."
(강냉이 털리기 전까진 누구나 그럴싸한 계획을 가지고 있다.)

작년 봄부터 지금까지 열 달 가까운 시간동안 나는 '본의 아니게' 안식년을 보내고 있다. 내가 상상해 온 것과는 너무도 달랐던, 그럼에도 더할 나위 없이 소중한 이 안식년의 경험을 기록으로 남겨 오래도록 기억하려 한다. 이 소소한 이야기들이 이전의 나처럼 정류장 없이 달리고 있을 누군가에게, 혹은 지금의 나처럼 계획에 없는 삶의 쉼표를 찍고 있을 누군가에게 작은 길잡이가 될 수 있다면 더없이 행복할 것이다.

　　내가 그러했듯 지금까지 열심히 달려온 많은 직장인들이 '순간의 멈춤'을 통해 또 다른 나와, 그리고 더 넓은 세상과 마주하게 되길 진심으로 바란다.

어쩌다 보니 계란장수

지금 다니는 회사는 내 첫 직장이었다. 딱 5년만 다녀보고 다른 회사로 이직하려던 계획은 입사동기들과 전 세계로 여행 다니는 재미에 푹 빠져 까맣게 잊어버렸다. 회사 서랍 맨 윗칸에 여권을 넣어두고, 때때로 금요일 출근길에 배낭을 메거나 캐리어를 끌고 여행 가듯 집을 나섰다. 출근이 곧 여행이었고, 여행에서 돌아오는 길이 곧 출근길이었다.

사람들은 사회생활을 먹고 먹히는 정글에 비교했지만, 나는 회사 가는 게 재밌었다. 스스로도 믿지 못하는 나에게 선배들은 텅 빈 도화지에 붓까지 손에 쥐어주며 네 마음대로 그림을 그려보라 했다. 회사 갓 입사한 신입이 내 맘대로 무언가 해볼 수 있는 기회가 얼마나 있겠는가. 그림을 이렇게도 그렸다, 저렇게도 그렸다, 지우고 색칠도 해보고 배워가는 과정이 신났다. 혼자 공부하는 것으로 만족을 못하던 나는 결국 회사에서 지원해주는 대학원에도 들어갔다. 내가 지금 하는 일이 멋지고 재밌어서, 더 잘해보고 싶어서였다.

지금 생각하면 어차피 1인분 몫을 기대하기 어려운 쌩신입에게 튼튼한 장난감 하나 쥐어주고 '우쭈쭈, 잘한다~ 잘한다~' 칭찬해 준 선배들의 배려가 아니었을까 싶다. 약삭빠르지도 못하고 어리바리 굼뜬 후배를 돌아가며 품에 끼고, 농사철 품앗이하듯 여러 선배들은 각자의 방식으로 걸음마를 가르쳤다. 선배들의 따뜻한 손바닥 위에서 놀면서 나는 이 시기에 성취감과 보람을 참 많이 느꼈다.

부서가 바뀔 때마다 내 손에 주어지는 새로운 도화지와 붓을 들고, 나는 작은 일부터 하나씩 배워갔다. 대학 때 통계학 수업은 밥 먹듯이 빠져가며 F를 간신히 면한 주제에, 어떤 해는 통계학 책에 묻혀 지내고 어떤 해는 마케팅 책을 파뒀다. 야구의 '야' 자도 모르면서, 새로운 부서에 갈 때마다 첫 해에 안타를 치리라, 둘째 해에는 홈런을 쳐보겠다며 혼자 음흉한 입맛을 다셔댔다. 주변에 나를 믿어주는 동료와 선배들이 있었고, 방망이 쥐는 법도 모르면서 안타를 치겠다고 달려드는 나를 기특하게 봐주는 상사들이 있었다. 뒤돌아보니 내 사회생활 첫 걸음마였던 이 시기에 나는 가장 많이 배우고 성장했다.

직급이 높아지고 다시 옮기게 된 부서는 계약을 담당하는 곳이었다. 새로운 부서는 늘 사람이 부족했다. 팀 내에서 같은 성격의 업무를 서너 명이 함께 담당했고, 업무 뒤에 목욕탕의 '탕' 자를 붙여 온탕과 냉탕처럼 서로를 구분했다. 우리 탕 팀원들은 똑똑하고 야무지면서도 재기 발랄했다. 살인적인 업무량 때문에 협상 테이블에선 피 냄새 맡은 쌈닭처럼 늘 날이 서 있었지만, 뒤돌아서면 우리끼리 똘똘 뭉쳐 의리 있게 서로를 다독였다. 하지만 팀원들과의 진한 우정과는 별개로, 업무 강도는 갈수록 심해졌다. 시쳇말로 밥 먹고 화장실 갈 시간마저 아껴가며 일을 해도 정신을 차려보면 항상 밤 10시가 넘어 있었다. 저녁 7시 반부터 30분 간격으로 자동 소등이 시작되면, 다시 불을 켤 여유조차 없는 우리 탕 사람들만 남아 칠흑 같은 사무실에서 모니터 불빛에 눈을 비벼가며 좀비처럼 야근을 했다. 우리는 성취한 것을 함께 모여 기뻐하거나 실수를 점검할 여유가 절실했다. 영혼을 갈아 넣은 계약 한 건을 끝내도 성과를 뿌듯해 할 틈 없이 수중에 다음 계약이 주어졌다.

저녁 먹을 시간을 줄이려고 동료들과 만든 간식박스에는 구운 계란이 떨어질 날 없었다. 달에 한두 번 배달시킨 계란이 오던 날, 상자를 든 채 엘리베이터 앞에서 마주친 상무님은 그날 이후 나를 '계란장수'라 불렀다. 타부서와 회의를 하다가 상황이 영 불리하다 싶으면, "우리 애들이 한 달에 계란을 몇 판씩이나 까먹어가며 일하는 줄 알고 그딴 소리 함부로 하냐."며 회의실을 박차고 나왔다는 얘기가 간간히 들려왔다. 다른 부서 상무님들은 우리 팀에 오실 때마다 도대체 그놈의 계란 얘기가 뭐냐고 물으셨다.

업무가 익숙해질수록 손은 빨라졌지만 빨라진 내 손보다 업무량이 늘어나는 속도가 훨씬 더 빨랐다. 날마다 11시 막차를 놓칠까 전전긍긍했고 회사 앞 편의점에서 산 500ml 맥주 한 캔과 빨대를 핸드백에 감추고 버스에 오르는 날이 많아졌다. 자정이 다 되가는 시간에 시외버스 막차 뒷자리에 숨어서 번듯한 정장을 입고 빨대로 맥주 마시는 여자를 보며 동네 어르신들은 무슨 생각을 하셨을까.

휴업통보를 받던 날, 나는 남몰래 안도의 한숨을 내쉬었는지도 모르겠다. 비록 스스로의 선택은 아니었지만 마음속 깊이 갈망했던 '온전한 휴식'이었다.

자고로 사람은 기술이 있어야

　준비할 새도 없이 시작 된 보석 같은 휴업 첫 달. 내 채취가 깊게 배어있는 다섯 평 남짓한 내 방 침대에서 잠으로 시간을 보냈다. 휴가라는 이름으로 그동안 다녀 온 수많은 휴양지와 고급 리조트의 비누 향 나는 이불속 보다 근사하고 값진 휴가였다.

　몇 년간 야근으로 상한 컨디션이 회복되자, 눈이 절 로 떠지는 시간에 일어나 엄마가 차려주는 집 밥을 먹고 자전거에 올라 동네를 돌며 하염없이 빈둥거렸다. 비가 오면 동네 도서관에 가서 책을 읽고, 날이 맑으면 엄마 가 싸준 유부초밥과 삼각김밥을 들고 집 앞 공원 흔들의 자에 앉아 오가는 사람을 구경하며 점심을 먹었다. 보고 싶은 영화가 개봉하면 조조시간에 맞춰 허벅지 터지게 자전거로 내달려 영화를 보고, 돌아오는 길엔 실개천 따라 나 있는 공원에 돗자리를 펴고 앉아 날파리를 쫓으며 산책 나온 동네 개들을 구경했다.

한여름엔 동네 커피숍 구석에 자리를 잡고 앉아 좋아하는 웹툰을 보며 한량처럼 낄낄댔다. 매일같이 찾아와 샷 추가한 아이스 아메리카노 한잔에 세상 다가진 듯 웃어 재끼는 나를 보고, 한 날은 동네 아주머니 한 분이 내손에 무언가를 쥐어주며 나가셨다. "아가씨, 이거 필요할 것 같은데 쓰세요." 살갑게 인사하며 쥐어준 건 도장이 찍혀있는 커피숍 쿠폰이었다. 휴업 넉 달 차, 나는 지갑만 얇아진 게 아니라 누가 봐도 진짜 동네 백수가 되어 있었다. 처음 두 달로 계획됐던 휴업은 네 달로 늘어나고, 어느 순간부터는 달에 한 번씩 오는 휴업 연장 동의서를 제출하는 것만이 나를 회사와 이어주는 유일한 연결고리가 되었다. 항상 여러 가지를 펼쳐놓고 계획하고 분석하며 살아왔는데, 고작 몇 달을 무계획 백수로 지내보니 나는 이 삶이 꽤나 적성에 맞았다. 회사와 멀어질수록 통장 잔고는 줄어들고 점점 심각해지는 뉴스를 볼 때마다 마음 한 편에서 걱정이 불어났지만, 입사 후 처음 맞이하는 '출근 없는 삶'은 마약과도 같았다. 끝없는 불안함과 나른한 행복감. 공존하기 힘든 두 감정이 하루에도 몇 번씩 솟아났다 사라지곤 했다. 어쩔 수 없는 자연재해 앞에서 인간이 할 수 있는 일은 그저 최선을 다해 이 시기를 온전히 버티는 것이라 생각하자 마음이 한결 편해졌다. 최선의 형태만 다를 뿐 나는 이 시간에 진심이었다.

휴업이 기약 없는 연장을 거듭하자 뭐라도 배워둬야겠다는 생각이 들기 시작했다. 어렸을 때 코웃음 치며 흘려들었던 '자고로 사람은 기술이 있어야 한다.'는 말이 갑자기 묵직한 진리로 다가왔다. 누가 봐도 나는 지금 고용과 실업의 경계에 양 발을 담그고 아슬하게 서있었다. 내가 몸담고 있는 항공업계와 관련이 없으면서도 이왕이면 밥벌이 가능하고, 살면서 한 번도 해보지 않은 것을 해보자. 몇 가지 기준을 정하자 곧바로 실행에 옮겼다.

한국인 성인 1인당 연간 353잔의 커피를 마신다는 뉴스를 접한 날, 나는 자전거로 30분 떨어진 동네 바리스타 학원에 등록했다. 구수한 커피향이 가득한 교실에서 스물다섯 부터 일흔 한 살까지 다양한 나이대의 사람들과 어우러져 커피 내리는 기술을 배우면서, 나는 원없이 좋아하는 커피를 마셨다. 수강생들이 갑작스런 실직과 휴직으로 팔자에 없던 커피를 배우러 오게 된 각자의 사연을 돌림노래처럼 읊어대는 동안, 손끝에서는 맛있는 커피가 내려졌다. 열두 평이 채 안 되는 작은 실습실에서 우리는 전 세계 커피 품종을 혀끝으로 음미하며, 어디에도 갈 수 없게 된 현실을 진심으로 한탄하고 위로했다.

옆 교실에 제빵반이 개설되었다는 소식이 들리던 날, 우리는 빵 반죽 치대는 소리가 잦아들기를 기다렸다가 커피 주문을 받아왔다. 씨를 뿌린 농부의 마음으로, 달큰한 빵 냄새가 복도에 퍼질 때 쯤 다시 커피잔을 회수하러 슬그머니 제빵반 문을 두드렸다. 이렇게 커피반과 빵반의 암묵적 동맹이 시작되었다. 비즈니스 협상의 핵심 '네가 주니까 나도 준다(Do ut Des)' 는 라틴 속담이 이역만리 떨어진 대한민국에서 빛을 발하고 있었다. 약 세 달간의 커피 수업을 통해 그동안 무심히 사 마시던 커피를 더 잘 알게 되었고 여러 가지 라떼아트 기술을 손에 익혔다. 수백 번의 시도 끝에 스팀우유로 라떼 위에 찌그러지지 않은 온전한 나뭇잎을 그릴 수 있게 되자, 나는 기술을 가진 자의 자부심을 조금이나마 이해할 수 있었다.

이후 가죽학원에 등록해 가죽 다루는 기술을 배웠다. 핸드메이드 가죽 시장이 하루가 다르게 커지고 있다고 하니 기술을 배워두면 부업으로 야구공이라도 만들 수 있지 않을까 하는 얄팍한 생각이었다. 가죽 재단하는 법, 바느질, 재료별 사용법, 디자인 하는 법을 차례로 익히고 작은 소품에서부터 모양이 다른 가방까지 다양한 가죽 제품들을 손으로 직접 만들었다. 햇살 따뜻한 학원 창가자리에 앉아 짧은 점심시간에 엄마가 싸준 삼각김밥을 먹으며 열 명 남짓한 수강생들과 하루 꼬박 7시간을 바느질만 했다. 커피 학원에서는 시음을 하며 간식을 나눠 먹고 항상 왁자지껄 떠들었지만, 가죽 학원에선 아무도 입을 열 필요가 없었다. '사라락–' 실이 바늘구멍을 통과하는 소리만 조용히 공방을 채우고 스피커에서 흘러나오는 노래가 너무 좋으면 마스크를 쓴 채 약속이나 한 듯 '지나간 것은~ 지나간 대로~ 그런 의미가 있죠~'라며 다 같이 후렴구를 흥얼거렸다.

　　과정이 끝나갈 때쯤, 나는 간단한 가방이나 지갑, 작은 소품 정도는 혼자서도 만들 수 있게 되었다. 가죽시장에서 마음에 드는 질 좋은 가죽을 사와 가족과 친구들에게 각자의 이름이 새겨진 제품을 하나씩 만들어 선물했다. 커피에 이어 기술을 한 가지 더 익히고 나니 더할 나위 없이 뿌듯했다. 선물 받은 친구들은 가죽장인이라는 의미에서 나에게 '가파치'란 별명을 붙여주었다. 백정과 맞먹는 최하층 천민이었던 조선시대 가죽장인 '갖바치'. 기술이 주는 자부심 때문인지 나는 이 가련한 별명이 무척 마음에 들었다. 당당하게 기술을 배워 내가 쓸 물건을 직접 만드는 시간이 더없이 신성했고, 물건이 완성되는 동안 스스로에게 경의를 표하는 느낌이었다. 몸을 쓰는 시간동안 오롯이 눈앞의 물건에만 집중하면서 느낀 마음의 편안함 덕분이 아니었을까.

커피를 내리고 가죽을 다룰 줄 알게 되자 나는 곧장 국경 밖으로 눈을 돌렸다. 외국인들에게 우리나라의 역사와 문화, 아름다움을 소개하고, 전 세계인을 대상으로 우리말 한글을 가르칠 수 있는 자격을 나라로부터 연달아 인정받게 되자 나는 무척이나 신이 났다. 커피숍 구석에 앉아 아메리카노를 홀짝이다 문을 열고 들어오는 외국인을 볼 때면 세종대왕의 위대함과 창덕궁 돌담 속 비원의 아름다움을 얘기해주고 싶어서 마스크 쓴 입을 덧없이 긁어댔다.

기술을 다 배울 때쯤이면 다시 아무 일 없던 듯 회사로 돌아갈 수 있을 거라 생각했건만, 안식년의 끝은 요원했다. 대신 사회생활로 각 잡힌 회사원이 있던 자리엔 바리스타가, 가파치가, 한국어교사가, 통역안내사가 빼곡히 채워져 있었다. 나라에서 인정받은 기술이라고는 운전면허증밖에 없던 내가 2020년 봄부터 늦가을까지 소소하게 일궈낸 수확이었다.

직접 배워보고 경험해보니 알 수 있었다. '자고로 사람은 기술이 있어야 한다.'는 옛말은 인간의 존엄과 자긍심이 담긴 투박한 표현이라는 것을. 더불어 눈앞의 커다란 문이 닫히는 순간, 작은 뒷문으로 난 마당에 더 넓은 세상이 펼쳐진다는 것을.

간석동 월든

　안식년을 맞아 집에서 보내는 시간이 많아지면서 평소엔 보이지 않던 것들이 눈에 보이기 시작했다. 옷장이 옷을, 책장이 책을 토해내고 있었다. 이미 가득 찬 옷장과 갈 곳 없이 나뒹구는 옷들을 바라보고 있자니 어린 시절의 엄마가 생각났다.

　어릴 적 동네 마트 한편에 작은 옷가게가 있었다. 엄마 손 잡고 장을 보러 나오면 엄마는 마트에서 15분, 옷가게에서 30분을 보냈다. 감자와 대파는 망설임 없이 척척 고르면서 새로 들어온 빨간색 바지랑 진주구슬 달린 쪼리 슬리퍼 앞에서는 더없이 망설이고 신중했다. 고만고만한 빨간색 바지 두 벌 중 어느 쪽이 더 비둘기 피색에 가까운지를 놓고 엄마와 주인 아줌마는 치열한 논쟁을 벌였다. 장을 보고 돌아오는 길, 엄마는 나에게 외할아버지 얘기를 들려주었다. 학창 시절 엄마가 옷을 사겠다고 용돈 받으러 가면 외할아버지께서 늘 하셨다는 말씀.

"영숙아, 니 지금 입고 있는 건 옷이 아니고 뭐이가."

그리고 나는 이런 엄마를 똑 닮은 딸이었다. '몸을 가리거나 보호하기 위해 천이나 가죽 따위로 만들어 입는 물건'이라는 의미가 무색하게도 옷장 속 내 옷들은 찢어지고 구멍 난 것들이 많았다. '언젠간 읽겠지'라는 생각으로 사 모은 책들의 '언젠가'는 아직도 오지 않았다. 만약 지구에 다녀간 외계인이 내 신발장만 들여다보고 돌아갔다면, 인간은 발이 10개쯤 달려있을 거라 생각하지 않았을까.

방 정리를 시작하며 나는 쉽게 동하는 내 마음의 흔적들을 곳곳에서 발견했다. 여기저기서 꽤 괜찮은 물건들이 나오자 곧장 요즘 유행한다는 동네 마켓앱에 가입했다. 나에게 이미 쓸모가 다한 물건들을 중고시장에 내다 팔아 소소하게 맥주값이나 벌어보자는 속셈이었다. 그렇게 정리를 시작한지 사흘째 되던 날, 서랍에서 놀라운 물건이 나왔다. 수영 하면서 노래를 들을 수 있는 mp3 이어폰. 방수 기능 덕에 노이즈 캔슬링 효과가 명품 브랜드 못지않더라는 리뷰를 읽은 날, 당장 이것을 사야겠다고 마음먹었다. 깃털 같은 마음이 이번에도 동한 것이다. 시중에서는 이미 품절돼버린 이 신박한 물건에 홀려 나는 결국 당일치기로 면세 쇼핑을 다녀오고야 말았다. 비행기로 국경까지 넘어가며 모셔온 귀한 물건이었는데, 언제부터 이렇게 서랍에서 잠자고 있었던 걸까?

이 욕망의 흔적을 중고시장에 내놓았다. 글을 올리고 채 한 시간이 지났을까, 이번 주말에 사러 오겠다는 사람이 나타났다. 오랜만에 mp3로 노래를 들으며 나를 매혹시켰던 노이즈 캔슬링 기능에 다시 한 번 감탄했다. 그런데 약속한 주말이 다가올수록 뭐라 설명할 수 없는 감정이 일렁였다. 가지고 있어봤자 또다시 쓰지도 않을 손바닥만 한 이 물건을 다른 사람에게 순순히 넘기기가 싫어진 것이다. '내가 이걸 어떻게 구했는데….' '치사하지만 안 팔겠다 번복하고 그냥 내가 다시 쓸까?' 알 수 없는 몽니가 발동했다.

　만나기로 약속한 시각까지 부질없는 번뇌를 거듭하다 눈을 질끈 감고 mp3를 컴퓨터에 연결했다. 담겨있던 내 노래를 모두 지우고 가장 좋아하는 몇 곡만 테스트용으로 남겨 놓았다. 집을 나서는 발걸음이 그날따라 특히 무거웠다. 우리 동네까지 찾아와 준 새 주인을 직접 만나고 나서야 나는 이게 내 물건이 아니라는 생각을 굳힐 수 있었다. 검게 그을린 얼굴을 하고 선수용 자전거를 몰며 호탕하게 나타난 새 주인은 한눈에 봐도 온갖 운동을 잘할 것 같은 스포츠 마니아였다. 운동하는 사용자에게 최적화된 이 제품을 누구보다도 가치 있게 써줄 것 같은 사람이었다. 누구 손에 가야 이 물건이 본래의 빛을 발할 수 있을지 너무나도 자명해서 나는 새 주인 앞에서 허망한 웃음을 짓고 말았다. '모든 물건에는 제 주인이 따로 있다.'는 말을 절실히 깨달은 날이었다.

　언젠가 내 마음을 흔드는 물건이 다시 나타났을 때, 무심코 그것을 집어 들기 전 한번쯤은 생각해 보리라 결심했다. 과연 내가 이 물건의 주인 될 자격이 있는지를. 번뜩이는 찰나의 욕망을 걷어내고 물건이 주는 본래의 즐거움과 가치를 온전히 누릴 준비가 되었을 때 나와 물건의 인연이 닿기를 바래본다.

시작은 '맥주 값이나 벌어보려'였건만, 하다 보니 비우는 재미가 꽤 쏠쏠했다. 한때 내 마음을 흔들었던 물건들이 이제는 중고시장에서 새 주인을 유혹하고 있었다. 하루에 두세 건, 많은 날은 네 건까지 새 주인이 나타났다. 들고 나간 옷과 신발을 이웃들이 시착해 보는 동안 나는 그들의 가방을 들어주기도 하고, 손목에 시계를 직접 채워주거나, 색색의 헤어롤을 내 머리에 감아가며 착실히 사용법을 일러주었다. 한때 나에게 즐거움을 주었던 물건들이 새 주인에게 가서도 사랑받았으면 하는 마음이었다.

비즈니스에 열을 올리는 사이, 나는 마켓앱에서 황금배지를 단 판매 고수로 등극했다. 처음 가입했을 당시 내 프로필명은 지혜의 상징 '세헤라자드'였지만, 판매실적이 한 달 용돈을 훌쩍 넘어서게 되자 나는 재빨리

프로필명을 '거상 김만덕'으로 바꿨다.

　오만 것들을 내다 팔았지만 내 방에는 여전히 손도 못 댄 물건들이 남아 있었다. 아니, 안 댔다는 표현이 더 옳지 싶다. 우리 가족과 18년을 함께한 강아지 앨프는 2017년 여름에 무지개다리를 건넜다. 막냇동생과도 같았던 강아지를 화장하고 돌아오던 날, 나는 앨프가 담긴 작은 유골함에 정성스레 옷을 입혀 책장 한편에 올려두었다. 갑작스러운 상실을 받아들이기가 어려웠다.

　앨프는 내 비밀을 터놓은 가장 친한 친구이자 우리 가족이었다. 좋은 일이 생기면 앨프에게 자랑스럽게 소식을 전했고, 애먼 이불에 발차기 할 만큼 화나는 일이 생기면 새벽에 곤히 잠든 앨프를 깨워 어둠속에서 아무에게도 말하지 못한 속내를 털어놨다.

　"잘 들어봐 앨프, 이러니 누나가 속이 상해 안 상해. 네가 생각해도 팀장 개자식이지?"

　한여름엔 앨프를 안고 창문 틈으로 들어오는 선선

한 밤바람을 맞으며 맥주를 마셨고, 한겨울엔 앨프가 누워있던 침대자리를 빼앗아 작고 따끈한 등짝에 옆구리를 맞대고 잠을 청했다. 말없이 다정히 나를 위로해주던 앨프. 나의 학창시절과 첫 연애사, 회사생활과 비밀 이야기까지 속속들이 알고 있는 이 작은 생명체에게 나는 매일 아침 출근길 인사를 건네곤 했다.

"앨프, 누나가 사료값 벌어올게!"

3년 넘게 끌어안고 있던 물건들을 물끄러미 바라보다 사진을 찍어 앱에 올렸다. 이런저런 것들을 무료로 드린다는 짧은 글을 남기며 나는 한 가지 조건을 내걸었다. '가격 무료. 단, 거랫날 반드시 멍멍이를 데리고 나오셔야 합니다.' 호의를 가장한 나눔을 핑계로 여러 동네 강아지들과 인사를 나눴다.

새로운 약속이 잡히면 나는 콧노래를 흥얼거리며 서둘러 손을 씻고 집을 나섰다. 이웃들과 짧은 인사를 나누고 급하게 물건을 건넨 다음, 곧장 발아래로 눈을 돌렸다. 매번 새로운 강아지들을 만날 때마다 나도 모르게 마스크 속 광대가 솟아올라 눈 밑을 계속 찔러댔다. 꼬리를 살랑살랑 흔들어대는 사랑스러운 존재들을 바쁜 손으로 허버허버 쓰다듬으며, 나는 나눔이라는 이름하에 은밀한 사리사욕을 채웠다. 데리고 온 강아지를 선뜻 품에서 내어준 마음씨 좋은 이웃들 덕에 앨프 이래 정말로 오랜만에 강아지를 안아볼 수 있었다. 소복하게 눈이 쌓인 계절이었지만 강아지와 산책하고 싶으면 또 연락 달라고 얘기해 준 이웃들의 마음이 따뜻하고 예뻤다.

앨프의 물건을 쓰게 될 동네 강아지들을 직접 만나 인사 나누고 나서야 나는 3년 전에 받아들이지 못했던 이별을 제대로 마주한 느낌이 들었다. 오래도록 추억하고 싶어 끌어안고 지냈던 물건들이 내 손을 떠나 새 주인을 찾아간 순간, 진심으로 앨프와 작별인사를 나눈 것 같았다. 참 이상한 경험이었다. 베푸는 쪽은 나였는데 오히려 내가 더 큰 위로를 받았다.

넘쳐나는 시간 덕에 평소 같았으면 겉핥기식으로 후다닥 해치워 버렸을 방 정리를 두 달에 걸쳐서야 마무리 했다. 물건들을 하나하나 곱씹으며 어떤 날은 놀랐다가, 어떤 날은 반가움에 미소 짓고, 또 어떤 날은 버럭 화도 났다가, 어떤 날은 뿌듯함에 취해 목에 힘을 잔뜩 주고 온 집안을 돌아다녔다. 정리를 마치고 보니 문득 내가 물건을 정리한 것이 아니라 물건들이 내 마음을 정리해준 것 같단 생각이 들었다. 하나둘씩 내 손을 떠나는 물건들을 보며, 나는 필요보다 더 많이 소유하는 삶이 주는 피로감과 내 것을 필요로 하는 사람들과 기꺼이 나누는 즐거움을 동시에 경험했다. 겨우 방 정리를 했을 뿐인데 생의 2부로 진입한 느낌이었다.

안 쓰게 된 물건을 새 주인에게 넘기고 돌아오는 길, 자주 가는 동네 커피숍에 앉아 헨리 데이빗 소로우의 수필 〈월든〉을 펼쳤다. 월든 호숫가에 직접 오두막을 짓고 2년간 소박한 자연속의 삶을 실험했던 그의 글을 읽고 있자니, 욕심 없이 정당하게 얻은 물건을 지혜롭게 쓰는 삶이 더 묵직하게 다가왔다. 나는 간석동에서 월든을 꿈꿔보기로 했다.

에콰도르 정일씨

가족끼리 둘러앉아 한잔 하는 날이면 항상 나오는 아빠의 레퍼토리가 있다. "내가 에콰도르에 있었을 때~"로 시작하는 이 오래된 레퍼토리는 한번 시작되면 쉽게 끝날 줄을 몰랐다. 오늘 있었던 일, 사건사고, 재밌는 TV프로… 대화의 시작이 무엇이던 상관없었다. 모두가 기분 좋게 알딸딸해져갈 무렵이면, 정말 희한하게도 아빠의 에콰도르 이야기가 약방의 감초처럼 시작되고 있었다. 만 가지 이야기를 에콰도르로 귀결시키는 아빠의 능력, 이건 과히 대단하다고 밖에 설명할 길이 없었다.

도대체 왜 우리 아부지는 군고구마같이 벌게진 얼굴로 아무도 공감하지 못하는 수십 년 전 이역만리 타국 이야기에 열을 올리는가. 아주 가끔은 이것이 궁금하면서도, 밤새워 아빠의 이야기를 듣게 될까 두려워 나와 동생은 절대로 이 금기어를 입 밖에 내지 않도록 주의하며 술을 홀짝였다. 하지만 안타깝게도 나는 지금 '비자발적 안식년'을 보내고 있었다. 화창한 어느 평일 낮, 여느 때처럼 엄마 아빠와 점심을 먹고 커피 세 잔을 내려와 TV를 트는 순간 나는 아차! 싶었다. 흥겨운 인트로와 함께 '세계테마기행 – 에콰도르 편'이 막 시작되고 있었다. 순간 아빠의 눈이 반짝 빛났다. 아무래도 오늘이 그날인 것 같았다. 맨 정신에 아빠의 에콰도르 이야기를 듣는 날.

'한강의 기적'이라 불리던 격변의 70년대. 경부고속도로가 눈앞에서 뚫리고 곳곳에서 민주화 바람이 불던 시기에 가난한 집안을 일으켜보겠다고 아빠가 택한 근무지는 에콰도르였다. 해외여행은커녕 비자 받는 것조차 어렵고 꿈꾸는 모든 것이 엄중했던 군부독재 시절. 6.25 전쟁둥이였던 20대 청년의 첫 해외경험이었다. 그렇게 아빠는 1974년부터 1977년 초까지 에콰도르의 에

스메랄다스 정유공장을 짓는 건설현장에 파견되어 3년을 근무했다.

1인당 GDP가 500달러를 갓 넘긴, 세계적으로도 손꼽히는 가난한 나라 한국의 젊은이를 환대하는 곳은 많지 않았다. 3개국을 거쳐 비행기를 다섯 번이나 갈아타고도 꼬박 2박 3일이 걸리는 긴 여정. '지구 반대편'으로 향하는 길목에 있던 대부분의 환승국들은 힘없는 나라의 국민들에게 공항 밖 외출조차 허락하지 않았다. 비좁은 비행기에서 몸을 접고 열 시간을 버티다 환승 공항에 내려 기지개를 켜면, 또 다시 닭장 같은 대기실이 기다리고 있었다. 공항을 나와 경찰들이 에워싼 숙박시설로 향하는 길, 차창 밖으로 보이는 이국적인 풍경에 푸르른 청춘들은 마음이 한없이 설레고 또 한없이 서러웠다.

그렇게 힘들게 도착한 에콰도르도 가난하긴 매한가지였다. 도심 한가운데 문짝이 없거나 바닥에 구멍이 뚫린 택시가 버젓이 돌아다녔다. 문짝 없는 택시를 탄 날은 팔이 아프고, 바닥 뚫린 택시를 탄 날은 다리가 아팠다. 그래도 피가 끓는 20대 청춘이었다. 주 6일을 고되게 일하고도 이틀 연휴만 생기면 같이 파견 나온 또래들과 안데스 산맥을 따라 주말여행을 다녔다. 금요일 점심때 차를 빌려두었다가 퇴근과 동시에 여행길에 오를 상상을 하며 들뜬 금요일 오후를 보냈다. 제대로 된 지도 한 장 없이 렌터카 직원의 손짓 발짓과 엉성한 도로 표지판에 의지해 청년들은 에콰도르 곳곳을 누볐다.

새벽에 눈을 뜨면 기다란 바게트 빵을 사들고 차에 올랐고, 돌아오는 길엔 숙박비를 아끼려고 네 명이 번갈아 쪽잠을 자며 교대로 운전했다. 길 때는 열 시간 가까이 걸리는 귀갓길이었지만, 가슴에 세상을 품은 청춘들은 피곤한 줄도 몰랐다.

아빠는 잠시 말을 멈추고 TV속 풍경으로 빠져들었다. 나무로 만들어진 옛날 기차가 청량한 하늘을 가르며 좁은 철로를 따라 아슬아슬 안데스 협곡을 지나고 있었다. 스위스에서 험준한 알프스 산맥을 굽이돌던 산악기차를 탈 때마다 아빠는 에콰도르 시절 기차여행이 생각난다고 했었다. '그놈의 에콰도르 이야기'라며 흘려들었건만, 처음 보는 화면 속 안데스 풍경은 정말로 스위스 같았다. 기차가 천천히 속도를 늦추며 절벽 위를 지날 때마다 꼭 하늘을 나는 기분이 들었던 알프스가 지구 반대편에도 존재했다.

1976년 최초의 국산차 '포니'가 처음으로 에콰도르에 수출되면서 한국에 대한 현지 인심은 하늘로 솟구쳤다. 파견나간 직원들이 태권도 격파 시범이라도 보이는 날이면 동네 마을회관은 주민들의 환호성으로 들썩였다. 관공서에 가서 한국여권을 내밀면 그 자리에서 폴라로이드 사진을 찍어 운전면허증을 내주었다. 여권을 가져온 젊은이들이 고국에서 운전면허를 땄는지 여부는 별로 중요하지 않았다. '포니의 나라 한국'의 여권이 곧 면허증이었다. 나라가 가난하면 백성이 서럽고 나라가 부강해야 백성이 존중받는다는 걸 청년들은 이렇게 또 한 번 느꼈다.

에콰도르에 머무는 3년 동안 아빠가 받은 휴가는 단 7일이었다. 열 시간 넘게 안데스 산맥을 따라 기차를 타고 내려가 바나나 밭이 펼쳐진 평야지대를 지나고, 밥

먹듯이 버스와 기차를 갈아타며 에콰도르에서의 처음
이자 마지막 휴가를 보냈다. 벌써 40년도 더 지난 일이
었건만 기차를 몇 시간이나 탔었는지, 어느 도시에 내려
무엇을 구경했는지, 성당에서 만난 이탈리아인 신부님
과 무슨 이야기를 나누었는지까지. 아빠는 마치 어제 다
녀온 사람처럼 모든 것을 생생하게 기억하고 있었다.

"하, 저런 게 다 생겼네."

식당 간판도 없이 감자와 돼지고기를 끓여낸 곰탕
을 팔았다던 기차의 종착역은 기념품 가게가 즐비한 인
디애나들의 춤 공연장이 되었고, 우체국과 붉은 적도선
만 덩그러니 그려져 있던 장소엔 적도 박물관이 들어서
카페와 식당이 가득한 관광지가 되었다.

세월이 흐르며 많은 것이 변했지만, 클래식한 모양
의 나무 기차는 여전히 70년대 낭만 가득한 모습으로 안
데스를 달리고 있었다. 내부 의자가 좀 더 폭신해진 것
만 제외하면 45년 전과 다를 바 없는 모습이었다. 겉모
습은 변했지만 에콰도르 이야기만 시작하면 어느새 20

대 청년으로 돌아가곤 하는 아빠와 이 나무 기차는 왠지 모르게 닮아있었다. 에콰도르가 아빠에게 어떤 곳이었는지 조금은 이해할 수 있을 것 같았다. 무더운 태양 아래 안데스를 누비던 아빠의 눈부신 청춘이 깃든 곳, 나라와 가족을 짊어지고 있다는 자긍심으로 빛나던 20대의 젊은 영혼이 여전히 숨 쉬고 있는 에콰도르였다.

문득 장롱 한구석에 있던 이국적인 무늬의 담요 한 장이 떠올랐다. 가볍고 따뜻해서 아주 어린 시절부터 나와 동생을 든든히 감싸주었던 담요. 서툰 솜씨로 정중앙에 난 구멍을 꿰매 놓은, 엄마가 우리 자매를 업어 키울 때 늘 함께했던 이 담요의 정체가 바로 '에콰도르 판초'였다는 사실을 나는 이번에 알게 되었다. 부모님의 젊음과 열정이 고스란히 배어있는 이 판초를 덮고 자란 우리가 세상을 놀이터 삼아 곳곳을 누비고 다니는 것은 어쩌면 너무도 당연한 일이었다. 뒤늦게 알게 된 담요의 정체가 더없이 반가웠다.

오랜만에 판초를 꺼내 덮으며 핸드폰에 구글지도를 펼쳤다. 지도를 한참 돌려 아빠의 청춘이 뛰놀던 에콰도르가 나오자, 나는 '가보고 싶은 곳' 리스트에 또 하나의 좌표를 추가했다. 무릎을 덮은 판초가 오늘따라 더 따뜻하게 느껴졌다.

〈에필로그〉

    요즘 꿈속에서 나는 늘 지구 반대편을 여행하고 있었다. 어느 날은 햇볕이 부드럽게 내리쬐는 아시시에서 아침을 먹었고, 또 어느 날은 비 냄새 가득한 호이안에서 쌀국수를 먹었다. 눈을 감으면 그림 같은 아펜젤의 풍경이 끝도 없이 펼쳐지고, 바구니에 누워 천진한 웃음을 지어대던 애셔산장 주인부부네 갓난아기가 생각났다. 지금은 갈 수 없게 된 많은 곳들을 나는 꿈속에서 걷고 또 걸으며 그리움을 달랬던 것 같다.

    항상 꽉 찬 시간표를 손에 쥐고 쉼 없이 달리느라 다른 모습의 나를 경험할 기회가 없었다. 그래서 사회인이 된 나는 당연한 듯 바쁜 삶을 즐기고 생산적인 일에만 에너지를 쏟는 사람인 줄 알았다. 끝이 정해지지 않은 멈춤을 마주하고 나서야 비로소, 잠깐 쉬었다 가는 것도 삶의 일부라는 것을 깨달았다. 정류장 없이 먼 길을 달려왔다면, 그리고 쉬기로 마음먹었다면 작정하고 쉬어 갈 수 있는 용기도 때로는 필요하지 않을까.

스스로 선택하지 않은 안식년을 보내며 나는 평소라면 절대 경험하거나 깨닫지 못했을 것들과 마주했다. 살면서 한 번도 시도해보지 않은 무언가를 해보고, 지금까지의 나와는 관련 없는 것들을 배우는데 열의를 다했다. 하루 종일 시답잖은 TV프로에 정줄 놓고 웃어대고 저녁에 먹을 치킨 생각에 아침부터 어깨춤 추는 단순한 인간으로 열 달 가까이 지내보니, 평범한 일상에 대한 감사함과 가족과 함께하는 시간의 소중함이 어느 때보다 크게 다가왔다.

나는 여전히 쇼핑을 좋아하지만, 때로는 채움보다 비움이 삶을 더욱 여유롭게 만들어준다는 사실에 큰 위로를 받았다. 머리가 복잡하고 생각이 많아져 작은 것에 휘둘리는 순간, 반대로 큰 파도에 이리저리 떠밀려 아무

것도 하기 싫은 순간이 온다면 나는 망설임 없이 다시 비움을 실천할 것이다. 자신의 내면을 제대로 바라볼 수 있을 때 비로소 삶의 흐름을 바꾸는 힘이 생긴다는 것을 이제는 누구보다 잘 알기 때문이다.

중고거래를 통해 수중에 자잘한 용돈이 생길 때마다 나는 아빠가 좋아하는 막걸리를 사들고 들어왔다. 옷을 좋아하는 엄마에게는 예쁜 봄옷을 장만해 드렸다. 그동안 미처 알지 못했던, 안식년이 아니었다면 어쩌면 영영 알지 못했을 부모님의 빛나던 시절에 대한 작은 위로와 감사를 담은 선물이었다. 소중한 경험들이 쌓여 나의 짧은 안식년은 어떤 해보다도 풍요로웠다. 비록 주머니는 어느 때보다 가벼웠지만 삶의 이면을 들여다보며 깨달은 인생수업의 무게는 결코 가볍지 않았다.

예상치 못한 재난으로 오늘도 많은 사람들이 고통을 겪고 있다. 안식년이라는 둥근 표현을 썼지만 나 역시 전 세계를 휩쓴 이 재난의 굴레에서 자유롭지 못한 노동자일 뿐이다. 이 긴 터널이 앞으로 얼마나 지속될지 모르겠지만, 한참이 지난 후에 누군가 그 힘든 시기를 어떻게 보냈는지 묻는다면 나는 마음속에 품은 보석을 꺼내듯 이렇게 대답할 것이다.

"그 시간은 제 안식년이었습니다만...."

장세미

어영부영 무난한 삶을 살다 보니 어느덧 1n 년차 직장인.
거창한 꿈은 없고 그냥 놀고 싶다는 마음을 가지고 있으나 현실은 자본
주의를 살아가는 성실한 일꾼이다. 오롯이 나의 행복을 위해 무엇을 해
야 좋을지 관심을 가지는 중. 요즘의 취미는 새로운 취미 찾기.
매운 음식과 민트 맛을 좋아한다.

오늘의 주제는 '나' 입니다

프롤로그

"너 MBTI 뭐야?"

근래 성격 유형 검사라는 MBTI에 대한 이야기를 종종 접한다. 생각해보면 어린 시절부터 최근까지 '당신은 이런 사람입니다'라고 말해주는 다양한 방법들이 있었다. 각종 심리테스트부터 별자리, 혈액형별 성격, 최근엔 MBTI까지⋯ 대부분은 유사 과학으로 여기며 재미로 보는 것 같지만 여러 세대에 걸쳐 꾸준히 유행하고 과도하게 몰입하는 이들도 보인다. 마치 '나는 이런 사람이구나!'라는 답을 제삼자가 판사 봉을 내리치며 판결하듯 말해주길 바라는 사람도 있는 것 같다. 나는 어떤 사람인가? 이 흔한 명제를 고찰한다는 것은 해수면과 하늘의 경계가 모호한 암흑의 밤바다에 홀로 놓인 것처럼 낮

설고 막막하다. 알파벳 네 글자의 풀이로 말해주는 나에 관한 이야기와는 차원이 다른 고난도의 답이 나와야 할 것 같다. '고찰' 생김새조차 각져 보이는 이 단어는 삭막한 연구실에서 코끝에 아슬하게 안경을 걸친 흰머리 희끗희끗한 박사의 고뇌하는 모습을 떠오르게 한다. 그만큼 이 질문에 대한 답을 고민해본다는 것은 무언가 몰두하고 연구해야 할 것 같은 어려운 과제다.

언제부터인지 고정된 틀 안에서 남이 떠먹여 주는 정보를 소화해 내 생각으로 만드는 방식에 익숙해진 듯하다. 학창 시절엔 인터넷 강의와 문제집, 대학 시절엔 족보와 강의 노트 그리고 사회생활에선 프로세스와 상사의 요구사항을 받아먹었다. 이런 경험들로 인해 주어진 것을 받아먹는 강철같은 소화 능력은 길러졌으나 떠먹기 위해 수저를 뜨는 악력은 약해져 버렸다. 스스로가 가장 잘 알아야 마땅한 나에 대한 것도 누군가 떠먹여 주면 넙죽 받아먹을 준비가 되어 있는 것 같다. 사람은 다면적이다. 각종 방법 혹은 타인의 평가에 의해 추출된 나에 대한 결과들을 떠먹어 보면 얼추 내 이야기 같이 느껴지기도 한다. 나는 스스로 수저를 들고 '나'에 대해 떠먹어 보기로 했다.

문득 나라는 사람이 마치 하나의 지구 같다는 생각이 든다. 지구는 외곽에 1% 정도의 얇은 껍데기인 지각과 약 80% 정도의 단단한 맨틀, 그리고 더 안쪽은 핵으로 이루어져 있다. 가장 많은 시간을 마주치는 직장 동료 및 지인들 대부분은 나의 지각 부분만을 접할 것이다. 지구가 다양한 환경을 보유했듯 나는 누군가에겐 살이 에는 듯한 북극같이 차가울 수도, 누군가에겐 절절 끓어오르듯 적도 같은 사람일 수도 있다. 또한 태양이나 행성, 자전과 공전의 영향을 받듯 주변환경과 나의 행동에 따라 내 세계는 환한 낮이 되기도, 깜깜한 밤이 되기도 한다. 조금 더 심리적 거리가 가까운 사람들은 지각의 안쪽을 대류 하는 맨틀까지 접근했을지도 모른다. 하지만 가장 중심부인 핵까지 접근할 수 있는 것은 오롯이 나뿐이지 않을까? 단순히 좋고 싫음을 표현하는 것이 아닌, 더 깊숙이 들어가 나의 핵을 알고 싶다는 마음이 들었다. 그리고 그 중심을 돋보기처럼 들여다보기 위한 도구로 글쓰기를 선택했다.

난 일기를 쓸 때조차 솔직하지 못한 인간이다. 일상에서의 글이란 실험 결과를 정리하는 보고서에 익숙해져 있기에 시작이 조금 두렵기도 하다. 무릇 고찰은 생각이란 것으로 충분할지도 모른다. 하지만 머릿속에 솜사탕처럼 두둥실 떠오르는 생각들은 어딘가에 기록되지 않으면 언제든 물에 녹아 순식간에 사라지는 것 같다. 형태가 없으면 쉽게 왜곡되기도 그리고 잊히기도 한다. 그래서 용기를 내어 생각을 유형의 무언가, 즉 글로 남겨보고자 한다.

지금부터 쓰는 이야기는 평범한 삶을 살아가는 1인이 오롯이 나만을 위해 '나'를 탐구하는 과정을 의식의 흐름대로 작성했다. 그저 나를 사색하고 다양한 내 모습을 인정하며 살짝 더 나은 미래의 삶을 위한 소소한 다짐을 말하는 주저리만 있을 예정이다. 그냥 이런 사람도 있구나, 이런 점은 공감이 가네 정도의 감상이라도 누군가가 느껴준다면 더 없이 만족할 것이다.

계산기 인간

탁-타닥-탁-탁

이 소리는 내 머릿속에서 계산기를 두드리는 소리다. 언제부터인가 만사에 이것저것 재고 따지는 계산기 같은 삶을 사는 것 같다. 생각해보면 주고받음, 대가, 등가교환, 기회비용, 가성비, 본전 등의 것들을 강하게 인식하게 된 것은 성인이 된 후 각종 아르바이트를 통해 자본주의의 쓴맛을 알게 된 것이 시작점인 듯하다. 교복을 벗은 20대의 나는 다양한 경험에 목말라 있었고 아르바이트의 세계는 이 갈증을 해소해주기 쉬운 매개체였다.

방학 때 혹은 학기 중 주말에도 다양한 일을 했는데 당시 많은 친구가 했던 과외, 학원 조교, 문서 편집 등부터 시작했다. 이후 영역을 확장하여 불특정 다수를 상대해야 하는 가게의 카운터, 서비스업 등 가지각색의 일을 하며 나의 노동력을 상품화했다. 대부분의 일은 푼돈, 경험과 함께 피로라는 친구를 달고 오기 마련이다. 좀 덜 힘들고 돈은 많이 주는 알바는 어디 없나? 하며 구인 사이트를 뒤져 새로운 것들을 시도하기도 했다. 결과는 결국 다른 손실을 만들었다. 예시로 손만 몇 시간 내밀고 있으면 손톱도 꾸며주고 돈도 주는 네일아트 손 모델 경험은 소중한 손톱의 무수히 많은 단백질 가루를 상납해야 했다. 연예인들을 구경하면서 1시간 동안 즐기고 호응만 해주면 된다던 방청 알바는 어떠했는가? 한 원로 가수의 갑질로 6배나 길어진 촬영을 선사해 황금 같은 시간을 뺏어가기도 했다. 이 두 경험은 별로 힘든 것이 없어 보이는데 돈을 쏠쏠하게 준다고 여기고 시도해 본 것들이었고 예상과는 너무나도 달랐다. 플러스가 있으면 그 종류는 달라도 마이너스가 있는 법. 즉 무언가를 얻었다는 것은 다른 무언가를 빼앗겼다 혹은 빼앗길 것이라는 하나의 명제이자 공식이 내 뇌리에 조금씩 박혀버린 것 같다. 그렇게 나는 계산기가 되었다.

여담이지만 이 계산기는 일상의 다양한 순간에도 작동한다. 대중교통을 이용할 때 도로를 달리는 차의 표지판 숫자들을 보며 사칙 연산식을 만드는 취미가 있다. 밥을 먹을 때 반찬, 밥, 국이 1:1:1로 딱 맞게 떨어지도록 잔반 없이 먹는 것에 소소한 쾌감을 느낀다. 이런 식사법을 눈치챈 나의 혈육은 밥은 좀 편하게 먹지— 라고 말하기도 하는데 나에겐 전혀 불편한 것이 아니다. 그냥 체화된 습관이자 놀이 같다고나 할까. 뭐 치매 예방에 도움 되지 않으려나? 문득 내 이름 세미도 '셈'과 비슷하다는 생각이 든다. 계산기 인간에게 참 잘 어울리는 이름이다.

생각해보니 이 계산기 적인 면모를 인간관계로 까지 확장하게 되어 버린 것 같다. 나는 타인에게 무언가를 부탁한다거나 신세를 지는 상황을 싫어한다. 누군가가 나를 도와주면 꼭 기억했다가 어떻게든 다른 방식으로 갚아야 속이 편하다. 곰곰이 생각해보면 흥부에게 박씨를 물어다 준 제비같이 보은하겠다는 감정은 아닌 것 같다. 남을 위한다기보단 단순히 내 마음 편해지자고 하는 행동이다. 누군가에게 무언가를 받은 내용을 일기에 적어 치부책처럼 기록하기도 한다. 어떤 지인은 나의 이런 모습을 파악하곤 선을 긋고 그 안으로 들여 보내주지 않는 벽이 있는 사람인 것 같단 이야기를 하기도 했다. 인간을 불신한다거나 사람을 사귀는 것을 싫어한다는 의미는 아니다. 단지 사소한 것이라도 어느 한쪽으로 기울어지지 않은 평행의 관계를 유지하고 싶을 뿐이다. 즉 플러스를 받으면 그만큼의 마이너스를 만들어 제로의 상태를 만들고 싶어 하는 느낌이랄까.

가끔은 아주 오랜만에 연락 온 지인을 결혼인가? 아니면 다단계인가? 의심한다. 축의금이나 조의금을 내야 할 때 나에게 이 돈이 돌아올 확률 등을 계산하기도 한다. 친하게 지내고 싶어 하는 누군가의 관심을 무언가 바라는 것이 있는 사람 같다고 오해하기도 한다.

남의 호의를 편하게 받아들이지 못하는 나를 볼 때 삭막하다 못해 바스러져 인간적인 면모라고는 없는 로봇 같다는 생각이 들 때가 있다. 인간의 따뜻함을 모르는 불쌍한 인간이라고 느껴질 때도 있고 이것저것 계산기를 두드리는 모습이 구질구질하게 보일 때도 있다. 그런데 고치는 방법을 모르겠다. 어떠한 사건이나 상황을 마주했을 때 내 생각의 흐름은 수직 낙하하는 폭포수처럼 자연스럽게 아래로 흐르듯 내 의지와는 상관없이 진행된다.

이 세상에 계산적이고 이기적인 마음을 가지지 않은 사람이 존재할까? 각자의 크기는 달라도 대부분의 인간이라면 가지고 있으리라 생각한다. 그중에는 나처럼 계산적인 나에 대해 고민해보는 사람들도 있을 것이다. 자신이 너무 비인간적이라고 느껴지는 감정을 경험해본 적이 있다면 그냥 '내 마음속의 계산기가 열심히 일했구나'라고 가볍게 생각해보았으면 한다. 우리는 계산적인 인간일 뿐이지 진짜 계산기가 아니다. 글로 일일이 나열하지 않았을 뿐 우리 안에는 인간적이고 이타적인 마음 또한 품고 있을 것이다. 그렇기에 각자의 중심을 잡고 유연한 삶을 살아가고 있는 것이라 본다. 이기심과 이타심 간의 틈에서 오는 괴리감으로 자신을 너무 자책하거나 스트레스받지 않았으면 한다. 이것은 나에게 하는 말이기도 하다.

사실 전반적으로 지금의 내 모습을 딱히 고쳐야겠다는 생각을 하고 있지는 않다. 비록 인간적인 면모는 부족할지 몰라도 계산기 적인 면모는 인생에 있어 어느 정도 장점도 있는 것 같다. 불편함 없이 살고 있고 미래에도 도움이 될 것으로 보이기도 한다. 편하고 좋아 보이는 것의 이면에 무언가가 갈취당할 수도 있다는 생각은 매사 신중하고 조심스러운 성격을 형성하는 데 일조하였다. 덕분에 큰 사기나 사고 없이 나름의 편한 삶을 살아가고 있다. 하지만 앞으로 인간관계에 있어서 만큼은 타인의 호의를 계산 없이 기쁘게 받아들일 수 있는 마음의 여유를 가지고 싶다는 바람은 있다.

사람은 지속해서 변한다지만 다시 태어나지 않는 이상 180도 바뀔 수는 없다고 생각한다. 계산적으로 생각하고 살아온 방식에 익숙한 내가 하루아침에 갑자기 재고 따지는 것 없이 막살아 볼래! 하진 못할 것이다. 그래서 작은 목표를 하나 수립해 보았다. 그것은 복잡한 수식을 계산하는 딱딱한 공학용 계산기에서 간단한 사칙 연산용 귀여운 캐릭터가 그려진 계산기 정도로만 살아보자는 것! 목표를 위한 세부 방안 잘 모르겠지만 차차 생각해보고자 한다. 큰 범위로 뭉뚱그려 표현하자면 머릿속 복잡함을 조금은 걷어 내보자는 뜻이 될 수도 있다. 이 정도면 실천할 수 있지 않을까?

미혼입니다

　"결혼은? 만나는 남자는 있고?" 이는 최근 자주 듣는 안부 인사 중 하나이다.

　현대의 삶의 모습은 헤아릴 수 없을 만큼 가지각색인 것 같다. 만남의 형태 또한 결혼, 비혼, 동성혼, 최근에는 다자를 동시에 사랑한다는 폴리아모리라는 새 용어도 배웠다. 이런 다양한 색의 삶은 문명의 발전으로 어느 매체에서든 쉽게 접할 수 있게 되었다. 하지만 경조사 때나 마주치는 친인척 혹은 오랜만에 만나는 얼굴에 이름과 신상을 떠올리기 위해 몇 분은 소요해야 하는 거리감 있는 지인이 안부를 물을 때 여전히 결혼 여부와 애인 유무에 대한 질문을 던진다. 대답에 따라 심심한 위로를 받거나 원치 않는 훈계를 듣는 것을 보면 아직까진 세상이 말하는 인생의 순서가 있는 것 같다. 어느 분기점을 넘어서면 더 이러한 질문도 듣지 않는다고 하는데 아직 그 시기에 도착하진 않았나 보다.

지금껏 삶을 살며 어느 정도 정형화된 인생의 순서를 묵묵히 잘 따라왔다. 제때 의무교육을 수료했고 대학을 갔고 졸업했고 취업했다. 내가 걸어온 길은 때로는 작은 돌에 걸려 비틀거리거나 경사 구간을 만나 가·감속 하기도 했지만 크게 벗어나지 않았다. 아마도 목적지는 지극히 평범한 삶. 그런데 30대에 접어든 후 맞닥뜨린 결혼이라는 길목에서는 처음으로 길을 잃은 듯한 느낌이 든다. '이 나이 땐 이걸 해야지 ' 라는 보편적인 명제에 처음으로 '다른 길로 가시오' 라는 표지판을 마주친 것이다.

자의인가? 타의인가? 이것은 나의 상황에 영향을 끼치는 전제는 아니다. 단지 현재 상태가 미혼일 뿐이다. 비혼주의자는 아니다. 나름의 결혼관도 있고 이상형도 있고 심지어 미리 생각해본 태명도 있다. 과거의 나는 누군가와 만나 행복해하고 결혼이란 미래를 구체적으로 상상해보기도 했다. 다섯 손가락 안에 꼽히는 적은 연애 경험은 누군가에겐 짧을 수도 있지만, 나에겐 각각의 시간이 꽤 길었다. 이들의 공통점은 시작과 끝이 모두 내가 아닌 상대방으로부터 결정되었다는 것이다. 헤어짐 후에는 이별한 나를 가여워했을 뿐 회복력이 빨랐던 것을 보면 끝을 선고받기 전 스스로 마지막을 미리 준비했던 것 같다. 여러 번의 만남과 헤어짐의 패턴이 비슷하게 반복되다 보니 문득 나에게 뭔가 잘못이 있는 건가? 고민한 적도 있었다. 하지만 사람과 사람 사이에 명확한 정답이 있을까. 그냥 무언가가 맞지 않은 관계였을 뿐이었던 것으로 결론 지었다.

잔잔한 연못 속 가끔 올라오는 기포처럼 불안감이 떠오를 때도 있다. 인간관계에 있어서의 나는 과거를 반추할 땐 낙관론자, 미래를 예견할 땐 비관론자가 되곤 한다. 그때 그 사람이랑 잘 되어서 결혼했으면 행복하지 않았을까? 늙어서 혼자되면 힘든 일이 많지 않을까 등의 생각들을 한다. 단 이 감정들은 한겨울 따스한 실내에 첫발을 디딜 때 끼는 안경의 김 서림처럼 빠르게 왔다가 어느 순간 사라진다. 과거에 대한 내용을 구구절절 떠올리고 현재 나의 상태에 대한 생각을 곰곰이 하다 보니 검색 엔진의 연관 검색어처럼 외로움이란 단어가 떠오른다.

외로움. 단어 자체만으로도 쓸쓸함과 아련함을 주는 듯하다. 나는 지금 외로운가? 이 질문은 나는 누구인가 만큼이나 어렵다. 이에 대해 무어라 논하기 굉장히 조심스러운 이유는 내가 아직 진정한 고독을 경험해보지 못했다고 생각하기 때문이다.

나는 혼자 있는 시간이 좋다. 혼자서도 이것저것 잘하며 살아가고 있고 아주 심심하지도 않다. 여생을 혼자서 살아가라면 아주 잘 먹고 잘살 것 같다. 하지만 이 가정은 현재의 내가 언제든 연락하면 함께 있어 줄 수 있는 누군가가 있기에 가능하단 생각이 든다. 그럼 언젠가 갑자기 불쑥 찾아올지도 모르는 커다란 외로움을 미리 대비해야 할까? 가끔 너는 혼자가 아니라고 말하는 에세이들을 읽곤 한다. 사실 읽다 보면 비슷한 내용을 말하는 것 같다고 느낄 때도 있다. 이런 종류의 글을 쉽게 접할 수 있다는 것은 그만큼 이 주제에 대해 많은 이들이 고민하고 생각한다는 것이 아닐까. 책들의 존재 자체만으로도 다들 비슷하게 살아가는구나 라는 공감의 위로를 얻기도 한다. 자연재해 같은 피할 수 없는 외로움이 찾아온다고 해서 영양가 없는 인연을 찾고 싶지는 않다. 만약 만들고 싶은 관계가 생긴다면 이번엔 내가 스스로 개척해보고 싶은 마음은 있다.

요즘의 나는 '남들이 가는 평범한 길을 벗어났다. 혼자다. 외로운 인간이다' 라는 감정들이 주는 다소 부정적인 느낌에 대해 다른 시각을 가지게 되었다. 길을 이탈한 것이 아니다. 단지 새로운 선로를 개척할 뿐이다. 이 생각의 전환은 나를 길 잃은 어린 양이 아닌 신항로를 개척해가는 콜럼버스로 만들어 준다. 기찻길만 있는가? 뱃길도 있다. 모로 가도 서울만 가면 된다는 말처럼 결국 인생이 종착지는 하나고 어떤 길로 가든 득과 실이 있으리라 생각하니 마음이 한결 편해지고 정체 모를 실패감을 잠재워주었다. 물론 나는 가변적인 존재이므로 언젠간 세상이 말하는 평범의 길 위에 다시 합류할 수도 있다. 하지만 등 떠밀려 누군가를 만나거나 미래를 약속하는 일은 하고 싶지 않다. 지금은 혼자가 좋다지만 언젠가는 돌변해 외로움을 호소할 수도 있고 백마 탄 왕 자님이 오길 기다릴 수도 있다. 아니면 내가 백마를 타고 히치하이크 하는 왕자를 찾으러 다닐지도 모른다. 조 급함과 두려움은 없다. 단지 현재의 내가 원하는 삶을 유지하며, 새로운 길이 어디로 향할지 궁금해하며, 열심 히 살아 보고 싶다.

시크릿 효과

　　'당신이 간절히 바라면 온 우주가 그것을 도와 이루
어준다.'

　　지금으로부터 약 10년 전 베스트셀러 '더 시크릿'
이란 책은 끌어당김의 법칙에 관해 이야기한다. 당시 대
학생이었던 나도 대세를 따라 읽어보았고 상세 내용은
띄엄띄엄 구름처럼 가물가물하지만 긍정의 중요성을 이
야기했던 것 같다. 서문의 캐치프레이즈를 강산이 변했
음에도 특별히 기억하는 이유는 처음 읽은 순간 사이비
종교 같다는 생각을 했기 때문이다. 물론 잊힌 기억 속
도움이 되는 내용도 있을 것이다. 최근에도 서점의 책
무덤 사이 빼꼼 고개를 내밀며 나의 시야각에 잡히는 것
을 보니 아직도 많은 이들에게 읽히고 있는 듯하다. 이

법칙을 맹신하진 않는다. 오히려 무감한 것에 가깝지만 어린 시절에 시크릿 효과를 몸소 체험했던 기억이 있다.

책이 발간되기 약 10년 전 어느 날 대한민국 경기도의 한 마을, 평범한 초등학생인 나에게 간절히 이루고 싶은 소원이 생겼다. 그것은 다름 아닌 수학 경시대회에서 우수한 성적을 받는 것! 놀랍게도 나는 수학을 매우 좋아하던 아이였다. 하지만 좋아하는 것과 잘하는 것은 다른 법이다. 때마침 친구로부터 소원을 이룰 방법을 하나 듣게 되었다. 그 내용인즉슨 티코라는 자동차의 로고 Tico 의 알파벳 i의 머리 부분을 소원을 빌며 엄지로 꾹 누르는데 이것을 100번 채우면 소원이 이루어진다는 아주 근본도 없는 미신이었다. 종교는 없었지만, 동심의 세계를 살던 어린 시절의 나는 방법을 들은 날부터 등 하굣길에 눈에 불을 켜고 간식을 찾는 강아지처럼 티코를 찾아다니며 정성스럽게 엄지 도장을 찍었다. 다행히도 국민차라는 명성답게 티코는 학교 가는 길목에 심심찮게 발견 할 수 있었다. 당시 블랙박스가 없었기에 망정이지 차 주변을 기웃거리다 엄숙한 표정으로 다가오는 초딩의 모습이 녹화된 영상을 주인이 봤다면 굉장히 수상했을 것이다. 이후 수십 일에 거쳐 99개의 티코 도장을 찍고 마지막 1개는 수학 경시대회 당일날 일부러 남기어둔 아빠 차를 라스트팡으로 찍고 씩씩하게 등교했다. 그 결과는 어떠했을까? 나는 해당 시험을 100점 맞고 상장도 받았다. 티코 신이 나의 소원을 도와준 것이다!

이 티코 신은 나의 첫 시크릿 법칙의 사례다. 고사리 같은 손으로 눈이 오나 비가 오나 티코만 보이면 쪼르르 달려가서 시험 잘 보게 해주세요. 빌며 찍었다. 마치 수능 철 뉴스에 종종 등장하는 자식을 위한 부모님의 100일 기도 같은 느낌이다. 나는 여전히 무교에 특별히 믿는 것도 없는데 이 기억은 세월이 흘러 티코가 역사의 뒤안길로 사라져 직접 보기 힘듦에도 불구하고 꽤 생생하다. 과연 이 결과가 나의 신실한 소망과 간절함의 크기가 빚어낸 우주의 선물이었을까? 이후에도 나에겐 몇 가지 시크릿 법칙의 사례가 추가로 있었다. 수시로 합격해 수능 점수 없이 대학을 입학한 것 그리고 첫 입사 지원에 바로 합격해 비교적 쉽게 직장을 얻기도 했다. 인생의 중요한 기점마다 내가 바라는 간절함이 다 이루어졌고 글로 적고 보니 조금은 운 좋게 살아온 것 같다.

케케묵다 못해 저화질의 드라마 같은 어린 시절 추억부터 그나마 최근 인 듯하지만 10년도 더 된 취직 이야기를 하는 이유는 시크릿 효과가 결국 간절함만으로 이루어진 것이 아님을 말하기 위함이다. 바라기만 하면 이루어진다니. 그럼 난 지금쯤 로또 1등 당첨이 골백번은 돼야 했다. 사실 어린 시절 등하교길에 만날 수 있는 티코는 한정되어 있었을 것이다. 즉 정작 내가 수집한 엄지 도장은 차량 수로는 몇 대 안 될지도 모른다. 단지 나는 간절한 만큼 수학을 좋아했고 학습지를 푸는 것이 취미이자 놀이인 아이였다. 예습, 복습도 철저히 했고 오래 배운 피아노 학원을 그만두는 대신 속셈학원을 새로 등록해서 다니기도 했다. 대입 수시 합격도 마찬가지였다. 기복이 심해 들쭉날쭉한 그래프를 그리는 모의고사 성적을 통해 나에게 수능은 복불복임을 일찌감치 파악했다. 이후 원하는 학교들과 과를 고르고 다양한 수시

전형을 꼼꼼히 파악하고 준비하는 과정을 거쳤다. 1차 수시부터 지원해 경험을 쌓고 몇 번의 고배를 마신 뒤에 2차 수시에 합격이 이루어진 것이다. 취직 준비 또한 다양한 정보를 찾아보고 입사한 선배와 면담을 한다거나 기업의 취업설명회 참여, 대외 활동, 스터디, 모의 면접 등 다양하고 많은 것들을 했다.

최근의 나는 간절함을 가지고 무언가에 열정적으로 매달린 것이 있는가? 근래 가장 바라고 그것을 위해 행동으로 옮겼던 사례가 무엇이 있었나 아무리 생각해 보아도 대번에 떠오르는 것이 없다. 손빨래를 쥐어짜듯 뭐 없나 더듬다 보니 뜬금없이 텔레비전의 한 오디션 프로그램에서 내가 응원하던 지원자가 높은 등수를 받아 데뷔하기를 바란 것이 생각난다. 참 열심히 표를 던지고 지인들에게 영업 및 문자 투표를 독려했던 미소가 지어지는 추억이 있다. 지금 생각해보면 정말 소소하지만 당시엔 꽤 간절한 바람이었다. 여담으로 이 역시 이루어져 나에게 기쁨을 선사하긴 했다.

새해마다 나는 1년 치 위시리스트를 수립한다. 리스트는 그 수가 꽤 많아 일기의 첫 페이지를 검은 글씨로 꽉꽉 채우지만, 그에 반해 빨간 줄은 쉽게 그어지지 않는다. 성공률은 30% 도 채 되지 않는다. 어떤 것들은 깨작깨작 맛만 보고 식량을 쟁여두는 다람쥐같이 남겨 두기도 하고 아예 손조차 대보지 못한 것들도 많다. 생각과 계획 속의 나는 이것저것 하고 싶다는 욕심쟁이에다가 완벽주의자이기도 하다. 하지만 물리적으로 그리고 심적으로도 여유가 없음을 핑계로 못하는 게 아니라 안하는 거라는 합리화의 능력만 쑥쑥 키우고 있다. 아마 자기합리화도 자격증이 있다면 master 급이리라.

반대로 생각해보면 내가 움직이지 않는 이유는 그만큼 간절하지 않아서 일수도 있다. 진짜 하고 싶다면 잠을 줄인다든지 아니면 아주 작은 조각 같은 틈새의 시간이라도 활용했을 것이다. 지금의 나는 무언가를 간절히 바라는 것조차 없는 지치고 나태한 매너리즘 상태인가 싶다.

주변의 사례나 각종 매체에서 간절히 바라고 그것

을 실천해나가는 사람들의 멋진 이야기를 보면 부럽고 대단하다고 느끼면서도 저들은 오롯이 저것에 집중할 수 있는 여유 있는 상황이였을 거야, 나와는 다른 환경이라 가능했을 거야 라는 트집을 잡고 싶은 못난 마음이 들기도 한다. 소수의 이야기이기에 크게 돋보이는 것뿐 대부분은 나처럼 현실에 찌들어 실행할 힘이 조금 부족할 거라고 위안 삼기도 한다. 여전히 합리화는 진행 중이다.

'아 해야 하는데'라는 말을 달고 사는 입만 간절한 나를 위해 일단 하나의 목표를 잡고 실천해보는 방식을 시도해보려고 한다. 올해는 문어발식 분산이 아닌 선택과 집중을 통해 나만의 시크릿 효과를 부활시켜보고 싶다. 위시리스트도 딱 하나만 지정하여 간절히 바라고 행해보려고 한다. 이 하나의 것을 이루지 못하면 다음 항목은 만들지 않을 계획이다. 우선 첫 번째 목표는 12년째 지갑 속에서 제2의 신분증으로의 대리 역할만 수행하고 있는 운전면허증을 세상 밖으로 꺼내주는 것이다. 녀석의 진정한 의미를 되찾아 주고 싶다. 트럭을 몰며 1

종 보통의 라이선스를 획득했음에도 합격 이후 운전 경험이 없어 흔히 말하는 장롱면허 상태이다. 강제로 무사고 12년 차 운전자가 되어있다. 현 상태가 유지되는 이유는 두려움이 제일 크다. 뉴스에서 자주 접하는 교통사고의 소식을 볼 때 마다 내 마음속 드라이버로서의 욕구는 한없이 작아진다. 대중교통 타면 될걸 뭐하러 운전한담 싶다가도 급하게 어딘가를 이동해야 할 때나 특정 상황에서 아쉬운 경우가 종종 있다. 운전은 생활 반경도 넓혀주고 기동성도 좋아져서 삶의 질 상승에 도움이 될 것 같다. 매년 새해가 되면 다시 배워서 베스트 드라이버가 되야지! 라고 다짐만 해왔다. 올해는 꼭 다시 연수를 받고 운전을 시작해 신나는 음악을 크게 틀어놓고 대중교통으로 가기 어려운 산골 여행지로 홀로 떠나보고 싶다. 이를 시작으로 내 인생의 다양한 시크릿 사례를 차곡차곡 더 추가하고 싶다. 이렇게 마음먹는 것만으로도 다시 한번 온 우주가 나를 도와줄 것 같은 기분이다.

퀘스트는 진행 중

　사소한 경쟁들로 이루어진 세상 속을 살고 있다. 어쩔 수 없이 해야만 하는 경쟁도 있고 목적을 이루기 위해 내가 원해서 하는 경쟁도 있다. 삶은 경쟁의 연속인 것 같다는 말이 팍팍한 듯하면서도 어느 정도 공감이 되기도 한다. 이들은 크기 또한 다양하다. 가장 먼저 떠오른 것은 진로와 직업, 미래에 대한 결정을 짓는 경우인데 이런 덩치가 큰 녀석은 경쟁 자체가 주는 부담뿐만 아니라 결과 때문에 영향받는 미래의 중량도 묵직한 느낌이다. 나의 경우 이런 케이스는 이제까지의 일생에서 다섯 손가락 안에 꼽히는 것 같다. 그럼 작고 가벼운 경쟁은 무엇이 있을까? 최근엔 인기 있는 베이커리의 빵을 사기 위한 빵켓팅, 좋아하는 공연을 보기 위한 표 티켓팅 등이 생각난다. 내가 내 돈 주고 하겠다는데! 품절입니다. 결제에 실패하였습니다. 이미 선택된 좌석입니다. 와 같은 팝업창이 뜨면 좌절하게 된다. 이렇게 사소한 것에서도 원하는 바를 이룰 수가 없게 되면 우울해지거나 심한 경우 슬퍼지기도 한다.

문득 내가 기억하는 최초의 경쟁은 무엇일까 생각해보니 초등학생 시절이 생각난다. 12살의 나는 단순히 있어 보인다는 이유로 학교 방송부에 지원했었다. 하지만 부원으로 가는 길에 많은 난관이 있다는 사실을 알지 못했다. 무려 3단계의 관문이 기다리고 있었다. 또래의 표를 받는 다소 인기 투표 느낌의 반장 선거와는 차원이 달랐다. 이 난관은 모든 경쟁의 출발점과 같은 서류 접수부터 시작되었는데 1차 관문의 시작이었으나 당시는 1차인지도 몰랐다. 오래된 이야기라 무슨 내용을 썼는지 기억나진 않지만 지금의 자기소개서 같은 지원동기나 나의 장단점을 썼을 듯하다. 서류 접수 이후 방송부 선생님의 호출이 있어 '나 뽑힌 건가?' 하는 으쓱한 마음으로 간 장소에는 경쟁자들이 둥그렇게 앉아있었다. 마치 수련회의 캠프파이어가 시작되기 전 특유의 어수선한 분위기 같았다. 그렇게 2차 관문에 얼결에 합류했다. 2차는 나름의 실전 테스트로 시키는 대로 카메라 앞에 서보기도 하고 종이를 받아 무언가를 읽기도 했다. 난생처음 겪는 경험 이후 며칠이 흘렀고 다시 한 번의 호출이 있었다. '이번엔 진짜 뽑힌 건가?' 두 번째 으쓱과 함께 방송실로 갔더니 이번엔 3차 심층 면접이 기다리고 있었다. 1대1 면접이었는데 방송부 선생님은 친밀한 담임이 아닌 낯선 어른 그것도 평소 무서워했던 체육 선생님이었다. 면접관의 태도는 매우 친절했으나 그는 존재하는 것만으로도 내 두 손을 공손히 모아쥐게 만들었다. 질문에 또박또박 대답은 했지만 굉장히 긴장했던 기억이 난다. 이렇게 예상치 못한 3개의 관문을 거친 결과는 어떻게 되었느냐? 운이 좋게도 방송부원 5명 중 1명이 되었다. 그 덕분에 남은 초등학생 시절을 다양하고 재밌는 추억으로 가득 채웠습니다. 라고 반짝반짝 마무리하고 싶지만, 현실은 부원이 된 지 몇 개월이 채 되지 않아 집 앞에 새로 초등학교가 생겨 강제 전학을 가게 되었다. 과정에 비해 다소 허무한 결말이 아닐 수 없다.

이후 살아가며 많은 경쟁을 경험했고 탈락의 고배도 성공의 축배도 다양한 맛으로 꿀꺽꿀꺽 마셔보았다. 문득 경쟁 자체를 즐기는 사람이 있을까 생각이 든다. 같은 목적을 위해 남과 비교당하는 것이 기분이 좋은 경우도 있을까? 경쟁을 통해 동료를 만나고 성장하는 것은 소년만화 주인공이나 가능한 것이 아닐까? 나는 그냥 평범한 인간인지라 이를 즐기지는 못하는 것 같다. 경쟁 후 얻어질 달콤한 과실이 탐나서 마지못해 하는 느낌이다. 피할 수 없다면 즐기라는 것은 말이 쉽지 행동은 어렵다. 애초에 즐길 수 있는 거였다면 피하고 싶지도 않았을 것이다.

다른 사람들도 한 번쯤은 비교와 경쟁에 지쳐 우울감을 선물 받거나 다 포기하고 내려놓고 싶은 순간이 있지 않을까 생각해본다. 최근에는 남과 나를 비교하며 내 삶이 보잘것없이 심심하게 느껴지는 경우도 있다. 아무도 시키지 않았는데 내 마음속에서 이름 모를 타인, 불특정 다수와 혼자 경쟁하고 있는 꼴이다. 특히 이 경우는 SNS의 발달도 꽤 영향을 끼친 것 같다. 나의 경우도

SNS를 음식 사진 기록용인 이른바 먹스타그램으로 활용하는데 타인이 보면 매일 잘 먹고 잘사는 근심·걱정 없는 행복한 돼지 인생으로 생각할지도 모른다. 어쩌다 가끔 특별하게 먹는 것들을 남기는 것뿐인데 말이다. 경쟁이 나에게 주는 가장 큰 스트레스 요인은 남보다 잘난 것이 있어야 되고, 더 돋보여야 한다는 압박감인 것 같다. 취직을 위해 스펙을 쌓고 나를 더 잘 포장해야 하고 맛있는 빵을 사기 위해 빠른 마우스 클릭을 지녀야 하는 것처럼 말이다.

경쟁에서 떨어져도 '내 길이 아니구나, 내 기회가 아니었구나' 의연한 태도를 가지고 싶다. 이미 지나간 일을 '아 이렇게 해볼걸' 나의 실수라며 곱씹고 자학하지 않기를 바란다. 좌절보단 지나간 경험에서 레슨 포인트만 쏙쏙 뽑아내고 싶은데 말처럼 쉽지 않다. 일단 원하던 것을 이루지 못하면 기분이 상하기 마련이다. 피할 수 없고 즐기지도 못하는 경쟁과 비교로 스트레스를 받는 사람들에게 생각의 전환을 권해 보고 싶다. 이 방법은 나 또한 현재진행형인데 경쟁 자체가 주는 스트레스는 감소한 효과를 보였다. 그 방법은 경쟁을 무언가를 성취하기 위한 전쟁이라기보단, 무엇이 기다릴지 궁금하여 나 스스로가 선택해 거쳐 가는 하나의 퀘스트라고 여기는 것이다. 이 생각은 타인 보다 잘나야 한다는 무언의 압박감을 줄여주었다. 그뿐만 아니라 목적한 바를 이루지 못해도 재밌고 보람찬 하나의 경험으로 치환하게 해주는 효과를 보기도 했다.

경쟁에서 이겼다고 그 결과는 마냥 해피엔딩이 아닐 수도 있다. 퀘스트 완료 후 얻은 아이템과 다음 스테이지는 기대한 것일 수도 혹은 전혀 예상 못 한 상황 일 수도 아니면 불행한 결말일 수도 있다. 예시로 앞서 이야기한 초등학생 시절 방송부원에 힘들게 합격한 뒤 나는 단지 키가 크다는 이유로 2번 카메라라는 직책을 받았다. 사실 더 재밌어 보이는 담당도 많았다. 하지만 내 주 업무는 어쩌다 발생하는 방송 조회 때 나의 유일한 모델인 교장 선생님을 촬영하는 것이었다. 그마저도 갑작스러운 전학으로 3개월을 채우지 못하기도 했다. 빵케팅도 힘들게 샀으나 생각보다 빵 맛이 별로일 수도 있다. 힘들게 구한 공연 티켓도 막상 재미없어 꾸벅꾸벅 졸며 보는 둥 마는 둥 시간이 아깝다 여길 수도 있다. 퀘스트의 결과는 참 미지의 영역인 것 같다. 즉 랜덤 보상이라 생각하면 한결 더 편해지고 경쟁 자체가 주는 무게감은 조금 덜어지는 느낌이다.

남은 인생에 경쟁이란 이름의 퀘스트가 얼마나 남아있을지 문득 궁금해진다. 고령화 사회의 가속화로 꼬부랑 할머니가 되면 고급 실버타운 입주를 위한 관문 같은 것이 있으려나? 그 경쟁의 시작도 서류 심사부터 일까? 다가올 미지의 경쟁이 스트레스는 적게 그리고 결과에 상관없이 얻는 것은 많아지는 경험이 되길 바라본다.

에필로그

　각 잡고 오늘의 주제를 고찰해보니 깊게 나를 파고드는 것이 어려운 일임을 다시 한번 깨닫게 되었다. 앞서 말했듯 나는 일기를 쓸 때조차 솔직하지 못했다. 그날 일어난 일과 단편적인 감정은 잘 적지만 내면의 고민이나 어둡고 부정적인 다소 부끄러운 부분은 적지 못한다. 어느 날 내가 죽거나 사라져서 누군가가 일기장을 보면 어떡하지? 라는 이상한 상상도 해본 적 있다. 내가 주인인 일기에서조차 타인을 의식한 것이다.

　이번 글은 나의 지구의 아주 단편적인 조각이다. 시장에서 수박을 고를 때 잘 익었는지 작은 네모 모양으로 칼질해서 빠알간 속살을 살짝 보여주듯 극히 일부분이다. 여전히 나의 핵을 다 까발릴 용기는 부족한 듯하다. 지구의 핵은 외핵과 내핵으로 구분되어 있다. 나의 내핵은 음습하고 질척질척한 어느 누구에게도 말 하지 못할 구역이다.

글쓰기를 통해 생각을 기록하고 남기는 과정이 참 새롭고 좋았다. 장점은 크게, 단점도 장점처럼 포장하는 자기소개서와는 비교도 할 수 없는 나에 대한 글을 적는 과정이었다. 어떤 면은 굳이 큰 변화를 시도하기보단 현재를 유지하기로 마음먹기도 했고, 어떤 면은 행복을 위한 작은 실천이나 마음가짐, 다짐을 만들어 적어보기도 했다. 아직 행동으로 이어지진 않았지만 활자로 적은 자체만으로 발전적이고 동기 부여되는 듯한 만족감을 얻었다.

나의 지구를 관찰하듯이 계속해서 글을 써보고 싶다. 언젠가는 지구의 지각부터 내핵까지 온전히 표현할 수 있는 다양한 글을 창작해보고 싶기도 하다. 가장 가까우면서 지속적으로 변화해가는 나라는 존재는 아주 좋은 글감이라는 생각이 든다.

　이제껏 그래왔듯이 남은 인생도 금요일 밤 퇴근 후 즐기는 맥주 한 잔처럼 행복하기도 혹은 오르막길로 한없이 바위를 밀어 올리는 시시포스처럼 형벌같이 느껴질 때도 있을 것이다. 여전히 되고 싶은 나와 실제의 나 사이의 간극으로 은근한 스트레스를 받을지도 모른다. 하지만 변해가는 나를 알아가고 그 안에서 새로운 다짐들을 세워가며 행복에 한 걸음 한 걸음 다가가는 삶을 살고 싶다.

　삶이 지루하고 재미없는 이들에게 혹은 한 번뿐인 인생 행복하게 살아보고 싶은 동지들에게, 나에 대해 스스로가 물어보고 궁금해하는 시간을 가져보고 유형의 무언가로 남겨보는 것을 권해보고 싶다. 고찰과 사유를 통해 지금의 나를 바라봐 주고 미래를 상상해보는 것이 꽤 재밌었다. 첫술을 뜨는 것은 막막했으나 하다 보면 분명히 얻는 것이 많았다. 부디 나의 글이 '나처럼 이렇게 해봐' 라는 권유가 아닌 '우리 이렇게 해보는 건 어때?' 느낌으로 조심스럽게 다가갔길 바라본다.

김종민

김종민님은 대학로에서 연극 조연출 경력으로 시작한 후 2003년 충무로 상업영화의 막내 스텝으로 뇌병변 편마비의 장애가 있고도 타인에 본보기가 되게 영화제작에 참여하였다. 이후 많은 상업영화의 연출부을 거쳐 자신의 영화를 만들어 간 그는 주로 사회 약자들의 이야기를 만들었고 많은 영화제에 초청을 받아 상영하였다. 사실적인 비주얼 스타일로 특징지어지는 그의 시그니처인 '도그마' 방식의 영화…, 중증장애인들이 모든 파트에 직접 참여해 그가 감독하고 제작한 영화작업(장애인 영화학교)들이 전국 방송을 타고 국무총리상까지 받는 쾌거를 이루었다. 특히, 그의 영화 '하고 싶은 말'은 '2019토론토국제스마트폰영화제' 개막작으로 선정되어 영화제 공식 초청을 받아 'MBC뉴스데스크'외 많은 언론에 보도되었다.

안부

안 부

   '잘 지내는 거니?' 출근길 엄마의 문자였다. 나는 잘 지내니 걱정하시 말라고 했다.

   아침의 여의도역은 출근하는 인파로 붐빈다. 출근하는 직장인들의 얼굴은 그리 밝지는 않다. 나도 그 밝지 않은 얼굴의 직장인 중 한 사람이다. 그래도 오랜 시간 출근길에 올랐다. 내 이름은 김신우. 올해 마흔 살의 직장인이다. 대학교를 서울로 와 20살 때부터 자취했으며 지금도 서울은 아니지만, 전셋값이 정상인 부평에서 혼자 살고 있다. 내가 부평의 전셋값을 정상이라고 표현한 건 바로 서울의 전세값은 제정신이 아닌 비정상이기 때문이다.

'아, 피곤하다' 오늘도 부평역에서 여의도역까지 한 번도 앉지를 못했다. 물론 집에서 부평역까지 오는 마을버스 안에서는 앉았다. 앉을 수 있는 비결은 바로 우리 집이 마을버스 종점이기 때문이다. 단점도 많지만 이럴 때는 큰 장점이다. 그것을 노리고 지금 사는 집으로 이사를 온 건 아니지만 지금은 그거라도 있어야 회사까지 서서 갈 수가 있다. 아무튼 여의도역까지 서서 오는 일이 뭐 오늘뿐만은 아니지만…. 그래도 어찌 됐건 여의도까지 왔다. 앉지 않고 오면 다리는 아프고 힘은 들지만 그래도 나름의 장점은 있다. 앉아서 졸다가 갈아타야 할 신길역이나 내려야 할 여의도역을 지나칠 확률이 매우 적다는 것이다. (가끔 서서도 멍 때리다 지나친 적이 없다고 할 순 없지만)

　계단을 두 개씩 오르고 있다. 딱히 늦어서가 아니다. 그냥 습관 같은 거다. 사탕도 하나만 먹으면 허전한 거 같이…. 그래서 난 사탕도 두 개씩 입에 넣는다. 사탕의 비유는 조금 이상할지 모르지만, 아무튼 계단은 두 개씩 오르면 속도도 빠르고 건강도 더 좋아진다고 들어서 시작했는데 이제는 나에게 당연한 것이 되어 버렸다.

나는 전철역을 나와 빌딩 숲으로 들어간다. 그렇게
밝은 얼굴은 아니지만 그래도 생각해보면 다닐 회사가
있다는 것에 감사한 마음도 든다. 그것도 서울 여의도에.
그래도 피곤한 건 사실이다. 돈 때문에 부평까지 갔다.
부평 집에서 여의도까지 대중교통을 이용해 매일 출근
하는 것만으로도 에너지 소비가 많다.

'아~ 이렇게 사는 게 맞나…' 싶다가도 회사를 들
어가는 순간 나는 미소를 띠며 직원들에게 인사를 건넨
다. "안녕하세요"

'자 이제 커피 한 잔 마시고 업무를 시작해 볼까!'
사무실 안은 다들 업무에 한참이다. 나도 업체 사람들에
게 전화로 안부를 다정하게 묻고 있다. 영업부 직원이라
서 그런 통화 업무는 나에게 일상이다. 내 성격이 맞아
서 영업부에 있는 건지 영업부에 있다 보니 성격이 이렇
게 된 건지…. 기본적으로 난 영업부와 아주 안 맞는 성

격은 아니었던 것 같다. 다행이다. 하지만 어떤 사람을 보면 왜 우리 부서에 왔을까? 생각하게 만드는 동료도 있다. 그 친구는 오늘도 일 잘하고 있을까? 퇴사하고 순 댓국집을 하는 준식이는 잘 지내고 있을까? 2호점 냈다고 하던데….

어느덧 점심시간이다. 나는 동료와 설렁탕을 한 그 릇하고 커피를 사 들고 들어왔다. 배도 부르고 커피도 한잔 있으니 좋다. 이제 친구 동목이에게 전화를 해 봐 야겠다. 아까 점심시간에 전화가 왔었는데 식당도 시끄 럽고 동료도 함께 있고 해서 전화를 못 받았기 때문이 다. 일부러 안 받았다기보다는.

"그래 알았어 동목아. 칼퇴 하고 바로 내려갈게. 그 럼, 자고 가야지~ 누구? 성언이? 몰라 인마…. 나도 그 놈 언제 봤는지 기억도 안 나 잘살고 있겠지 뭐…. 그래 ~ 있다 보자!"
우리의 전화 통화는 이렇게도 짧았다. 갑자기 친구 성언이의 안부…. 용건만 간단히. 난 내일 오후에 또 출근해야 하기는 하지만 그래도 오늘은 금요일! 나는 퇴근하고 동목이 가족을 만나러 고향에 내려간다고 생각하니 이후 근무시간이 즐거웠다.

내가 탄 전철은 곧 있으면 서정리역에 도착한다. 차창 밖 풍경이 참 좋다. 서울과 부평에서는 볼 수 없는 논과 밭 그리고 저수지도 보인다. 바로 농촌의 풍경이다. 서정리역은 오전에 출근했던 여의도역과는 완전히 다르다. 한산하니 참 좋다. 내가 이곳에 살 때는 전철이 없었다. 전철역을 나오자 낮은 건물들이 보인다. 나는 음악이 흘러 나오는 이어폰을 꽂고 한 손에는 선물 상자를 들고 고즈넉한 고향길을 걷고 있다. 기분이 참 좋다. 동목이는 그대로다. 제수씨도. 그러나 아기는 많이 큰 것 같다. 나는 오랜만에 동목 가족과 식사를 하면서 술을 한잔 마시고 있다. 오래간만에 편한 사람들과 이런 시간을 갖는 것 같다. 아기는 울고 동목 부부는 티격태격, 텔레비전에서 흘러나오는 예능 프로그램 소리에, 제수씨는 전화도 받고 정신은 조금 없지만 그래도 이 시간이 즐겁다. 사람 사는 것 같은 느낌이랄까?

식사는 끝나서 일단은 상을 치웠다. 그리고 우리는 과일과 아이스크림으로 다시 술상을 차렸다. 동목이는 술을 참 많이 마시는 것 같다. 뭐. 집에서 마시는 거니 그런가 보다. 동목이는 술도 잘 마시고 농담도 잘한다. 어릴 때부터 그랬다. 개구쟁이라고 할까...가끔은 너무 가볍고 실없어 보일 때도 있지만 난 재미있는 동목이가 좋다. 동목이를 내가 좋아하는 이유로 동목이는 아내에게 쓸데없는 말 좀 하지 말라고 자주 핀잔을 듣는다. 우리는 일상적인 이야기들부터 해서 나의 결혼 문제까지 많은 이야기를 했다. 동목이는 점점 술에 취해가는지 횡설수설하기도 하고 한 이야기를 또 하고 취하긴 취한 것으로 보인다. 난 그래도 동목이가 좋다.

"낼 오후에 출근은 해야 하지만 흠, 피곤해도 좋다. 오랜만에 고향 친구를 만나니까"

나는 동목이에게 이렇게 말했다. 정말 그랬다. 아무리 오후라도 토요일에 출근해야 한다는 건 참으로 싫은 일이다. 그래도 어쩔 수 없는 일. 그래도 지금은 좋다.

"그치? 신우야~우리 같은 친구가 진짜지. 사회에서 만난 친구들은…. 뭐랄까…. 이~ 정 같은 것도 없고 그 뭐랄까 음..낭만이 없어요! 맨날 어떻게 하면 돈 많이 벌어서 잘 먹고 잘살까…. 주식, 부동산 그런 이야기만 해서 만나는 것 자체가 피곤해"

동목이도 요즘 사는 것이 재미가 없나 보다. 사실 나도 재미가 없고 피곤하다. 많이 외롭기도 하다. 늘 불 꺼진 빌라에 혼자 들어간다는 것이….

"그러게…. 정말 옛날 생각 많이 나네. 평택은 많이 바뀌었나?"

"생각보다 많이 안 바뀌었어. 우리 동네는 진짜 그대로야. 너 대학 붙자마자 서울로 이사 가서 여기 서정리는 와볼 일도 없었지?"

"그랬지…. 뭐…. 시내도 많이 못 가봤으니."

동목이는 취한 눈으로 잠시 술잔을 바라보더니 내 이름을 불렀다

"신우야!"

"어?"

동목이는 그냥 술에 취해서 나를 불렀는지 또 한잔 술을 마신다.

"너 고1 땐가…. 사귀었던 누나…? 기억나냐? 그게 벌써…. 와~ 20년이 넘었네!"

"응……? 누구…? 아….."

"근데. 그 누나 죽었다던데 알아?"

"응!? 무슨 말이야 그게?"

동목이는 정말 아무렇지 않은 표정으로 마치 술 한 잔하고 안주를 자연스럽게 집어서 먹듯 소주 한 잔을 마시고 캬~하고 바로 이런 이야기를 나에게 던졌다.

'이게 무슨 말이지…. 20년이 넘은 나의 첫사랑 은혜 이야기를 하는 건가? 첫사랑이, 기억이, 안 날 일이 없다! 그런데 동목이는 지금 나에게 그녀가 죽은 것을 알고 있냐고 묻고 있다. 동목이는, 아무리 20년이 지났지만, 잠깐 사귀었다고 하지만, 첫사랑이 죽었을지도 모른다는 물음에 듣고 내가 아무렇지도 않을 것 같다고 생각해 저렇게 아무렇지 않게 술 한잔 마시고 안주 먹듯 이야기를 한 것인가? 아무리 술이 많이 취했다고 하더라도. 그래. 동목이는 많이 취했고 원래 저런 친구다. 동목의 아내는 나의 흔들리는 눈빛을 읽었는지 무슨 소리냐며 확실하지 않은 건 말하지도 말라고 동목에게 뭐라고 나무란다. 하지만 술에 취한 동목이는 아내의 말을 듣지 않는다. 나는 침착하게 동목에게 물어봤다

"정말이야? 네가 어떻게 알아?"

"아니 나도 우연히 옆에서 들었어. 음⋯. 뭐랬더라? 교통사고? 그래서 죽었다고 했던 거 같은데"

"교통사고!?"

"어 솔직히 자세한 건 모르고. 왜 여보~ 우리 거래처 쌀집 앞 슈퍼~ 알고 보니 주인이 안 바뀌었더라고."

동묵이는 아내와 나를 번갈아 보며 말하고 있었다. 그런 동목이 다시 나에게 말을 한다.

"맞지, 신우야~ 시장 농협 옆 골목 슈퍼? 쌀집 사장님이 그랬던 거 같아. 그 집 여자애⋯. 한 7년 전에 교통

사고로 죽었다고…."

"그래….몇 살 차이 안 나는…. 조카도 있긴 있었
어…. 5살 차이였나? 나이 차이 크게 나는 큰오빠의
딸…."

난 작은 소리로 읊조렸다. 왜 그런 생각을 한 것일
까? 교통사고 죽었다는 그 집의 여자가 내 첫사랑 은
혜가 아닌 조카이기를 바란 걸까…? 한동안 계속 멍했
다. 어떤 말도 할 수가 없어서 어색한 표정만 짓고 있었
다. 그러나 동목 부부는 자연스럽게 술 마시며 티브이
예능을 보고 웃으며 다른 이야기 하고 있다. 그들에게는
그저 상관없는 사람 이야기일 뿐이다. 그렇다고 이들이
나쁘다거나 이상하다고 생각지는 않았다. 그럴 수도 있
고 어쩌면 당연하다고 생각했다. 20년도 더 지난, 그것
도 친구의 잠깐 사귄 여자 이야기가 이 분위기를 깰 만
큼 중요한 이야기도 아니고 더구나 확실한 이야기도 아
니다. 그 이야기를 한 사람도 취해서 이야기했느니. 그
래도 동목의 아내는 나의 표정이 신경이 많이 쓰인 듯하
다. 그래서 분위기를 바꿔보려는 듯 말을 꺼낸다.

"신우야~ 들어보니 이 인간 이야기가 확실하지도 않아. 그리고 20년 전에 잠깐 사귀었던 여자 얼굴이 생각이나 나겠니?" 그러곤 자신에 남편 동목에게 약간은 짜증 나는 말투로 이야기한다.

"야! 너는, 이십몇 년 전 만났던 여자 얼굴이 생각나!?"

"그럼! 나지! 어…." 동 목은 아무리 술에 취했어도 자신이 무언가 잘못했다는 생각이 났는지

"안 나지! 안 나! 아니…. 20년 전에 나 여자 없었어!! 오해하지 마!~ 그럼, 그 집이 아닌가? 이사 갔겠지…뭐.. 하하하 야 잊어버려!! 신우야 한잔하자! 건배~"

나는 동목과 건배를 하고 있지만, 다시 작은 소리로 읊조린다.

"그냥.. 잠깐이… 아니야… 나에게… 첫사랑이야…"
"뭐라고 신우야?"

"어⋯. 아니야⋯. 아무것도⋯. 그래 기억이⋯. 가물
가물하네! 마시자~"

더는 이런 상태로 있으면 오랜만에 만난 친구 동목
과 그의 아내에게 그러면 안될 것 같아서 아무렇지도 않
은 척 건배를 한다. 그러곤 다시 그들과 이야기를 나눈
다. 다른 이야기를⋯.

세상은 언제 그랬냐는 듯이 조용해졌다. 지금은 새
벽 4시 정도...동목집 거실도 조용하다. 제수씨와 아기는
안방에서 자고 동목이는 거실에서 자고 있다. 코를 골면
서. 나는 작은방 중앙에 덩그러니 누워있다. 잠이 오지
않는다. '거실로 나가 술상이나 치울까?' '새벽공기를
마시러 나갔다 올까?' 그러곤 바로 멍해진다. '그녀가
죽었다. 아니. 조카일 수도 있고 벌써 이사를 하여서 새
로 이사 온 사람 이야기일 수도 있다.' 이런 생각을 하면
서 잠을 못 이루고 있다.

한 시간 정도 잤나⋯. 이대로는 안 될 것 같아 옷을
주섬주섬 입기 시작했다. 그러곤 조용히 동목집을 빠져

나왔다. 어제 동목집을 들어갈 때랑은 너무 달랐다. 빛도, 느낌도. 토요일 새벽이다. 나는 다시 서정리역으로 왔다. 이곳 역시 어제 동목집을 올 때와는 아주 많이 다른 느낌이었다. 12시간 만에 같은 공간들이 전혀 다른 느낌으로 다가왔다. 나는 서정리역에서 한동안 있었다. 역을 다시 빠져나와 주변도 걸었다. 그러고 다시 역 안으로 들어갔다. 나는 잠시 후 평택행 열차에 올라탔다.

평택행 열차에 몸을 싣자 옛날 생각이 나기 시작했다. 우리는 교회에서 만났지만, 교회보다는 시내 근처 성당 벤치에서 대화를 많이 나누곤 했다. 별 이야기는 아니었겠지만, 그땐 그렇게 데이트 하는 것이 즐거웠다. 스마트폰이 없고 호출기가 있던 시절. 호출기에 번호를 남기고 공중전화를 찾아 전화하고 아니면 음성 메시지로 약속을 잡았던…. 그녀는 종종 집에서 정성껏 도시락을 싸 오곤 했다. 그럼 우리는 성당 벤치에 앉아서 함께 도시락을 먹으며 행복한 데이트를 했다. 신앙 이야기도 했다. 성당에서. 우리는 개신교 교회에서 만났지만, 성당에서 신앙이야기를 하는 것에 부대낌은 없었고 매우 자연스러웠다. 성당은 우리의 사랑을 펼치는데 아주 적합한 낭만적인 장소였다. 나는 지금 전동차 안 출입문에 기대어 있다. 이렇게 옛 생각에 잠긴 것도 잠시, 전철 안 스피커에서는 '이번 역은 평택, 평택'이라는 방송이 흘러나온다. 처음 느낀 건 아니지만 평택역은 정말 많이 변했다. 시간이 지나면 많은 것들이 변하고 변한 다들 하지만, 평택역은 보통 변한 것이 아니다. 일단 규모가 어마어마하게 커졌다 바로 역사 건물이 백화점이 됐기 때문이다. 물론 시청 근처에 뉴코아 백화점은 있었지만 오래되고 규모도 이 백화점보다는 매우 작았다. 옛날 평택역은 기차만 다녔고 주로 무궁화호 열차가 정차했지만, 종종 새마을호 열차도 정차하는 기차역이었다. 평택역 바로 옆에는 야구 베팅 연습장이 있었는데 우린 그곳도 종종 이용했다. 하지만 지금 그 야구장은 새역사가 생기면서 없어졌다.

평택 옆 앞은 로데오 거리였다. 우리가 그곳을 거닐 때면 그 거리에선 음악이 크게 흘러나왔다. 영턱스클럽의 '정' 룰라의 '날개 잃은 천사' 같은 노래들이었다. 그럼 우리의 기분은 더 좋아졌다. 우리는 그렇게 그곳에서 쇼핑도 하고 맛있는 것도 먹고 즐겁게 시내를 돌아다녔다. 그녀는 그런 것을 매우 즐거워했다. 지금도 은혜가 해맑게 웃는 표정이 생각난다. 나는 그런 은혜의 모습을 보며 흐뭇했고 이 사랑이 영원할 줄 알았다.

평택역을 빠져나와 나도 모르게 역 앞 로데오 거리를 걷고 있었다. 이곳도 변화는 있었지만, 브랜드들과 인테리어의 변화지 길의 지형이나 건물은 달라지지 않은 느낌이었다. 이렇게 시내를 빠져나와 계속 걷던 나는 걸음을 멈추었다. '여기는 어디일까…?' 하며 천천히 위를 올려다보는 이곳은 바로 성당이었다. 그 봄날의 성당…. 그러나 지금은 물리적인 계절뿐 아니라 내가 본 지금의 느낌은 가을이다. 쓸쓸해 보이는 성당. 은혜와 내가 즐겨 앉았던 벤치는 있었지만, 지금은 낙엽들만 덮여있을 뿐 사랑스러운 연인들은 없다. 아니 연인 뿐만 아니라 다른 사람 그 누구도 없다. 조용히, 조심히 성당 안으로 들어간다. 발걸음을 죽이며 성당 문을 조심스럽게 밀었다. 22년 전과 변함은 없는 것으로 보였다. 은혜와 시간 가는 줄 모르고 함께 있다가 내가 타야 할 막차를 놓쳤던 그 날(나는 평택 시내에서 버스를 타고 30분 정도 들어가야 하는 곳에 살았다). 나는 첫차를 타기 위해 예배당 안으로 몸을 숨겼었다. 한 시간 정도 눈을 붙였던 예배당 뒷자리는 여전히 그대로였다. 세월의 흔적이 여기저기 묻어나 손을 조금씩 본 것은 같았지만 그날 나의 몸을 받아주었던 그 의자가 분명했다. 수리야 했겠지만, 의자들은, 전면 교체하거나 그러진 않은 것 같다. '참 튼튼하고 오래 쓰는구나!' 난 이런 생각이 들었다. 난 갑자기 기도가 하고 싶어졌다. 물론 은혜 기도였다. 제발 잘 지내고 있어 달라는…. 그래야 나의 마음이 편할 것 같았다. 난 지금 그녀를 만나기 위해 잠도 안 자고 토요일 오전에 평택에 온 것이 아니다. 그것도 동목이에게는 아무 말도 하지 않고 왔다. '아 동목이에게 문자라도 보내 놓아야겠다'라는 생각도 예배당에 들어오니 생각이 났다. '아멘-'. 나는 성당을 조용히 빠져나왔다. 나의 발걸음은 조금 빨라졌다. 지금 걷고 있는 이곳은 옛 시내 주변이라서 그런지 크게 변한 부분은 없었다. 그래서인지 마음도 조금 편해지고 고즈넉한 이 길이 좋았다. 이렇게 나는 사거리를 지나 농협을 지나 나도 모르게 한참을 걸었다. 순간, 나는 놀랐다. 내가 지금 서 있는 이곳은 바로 그녀의 가족들이 운영하던 공판장 건너편 인도인 것이었다. 난 정말 내가 여기까지 올지라곤 생각하지 못했다. 그리고 그 오래전에 길을 내가 기억을 해서 찾아올 리도 만무하다. 그런데 나는 지금 이곳에 서 있다. 그때도 이 자리에서 서 있었던 기억이 난다. 생생하게…. 신기하다. 23년 전 일이 이리도 생생하게 기억나다니. 그것도 갑자기. 그동안 한 번도 기억이 안 났는데 말이다. 생각해보면 그때도 성당을 나와 이 길을 걸어 지금은 농협이 된 중소기업은행을 지나 이곳에 왔었던 것 같아. 은혜와 함께. 사실 그전에 날 교회로 인도했던 친구와 지나간 적도 있었다.

내가 처음으로 교회에 가고 은혜를 본 후였다. 은혜가 가족들이 하는 슈퍼마켓 건물에서 같이 산다는 것을 알았다. 그래서 친구와 일부러 그쪽 길로 갔었다. 친구는 모르게…. 첫사랑의 풋풋함과 설렘이 있던 그곳…. 첫사랑의 생생한 기억이 떠오르며 그때의 추억 속으로 빠져

든다. 과거 친구의 목소리가 오버랩되어 들려온다.

'야! 신우. 어딜 그렇게 쳐다봐! 빨리와!' 친구와 슈퍼마켓 앞을 지나가다 그녀를 몇 번이나 힐끔 봤었다. 나는 나의 신발 끈을 일부러 푼 후, 친구에게 신발 끈을 묶고 가자고 하면서 그녀가 잘 보이는 곳 앞에 멈추었다. 그녀는 우리를 봤는지 밝은 미소로 나와 내 친구에게 인사를 건넨다. 곧 나에게도 건넸다.

"안녕"

은혜는 친구와 밝은 미소를 띠며 이야기를 나눈다. 나는 그런 은혜를 본다. 나는 용기를 내어 그녀에게 말을 걸어본다.

"안...녕 하세요. 누,,나.."

"어! 안녕~ 얘 친구지? 한 달 전쯤부터 나온 거 같던데 얘기하는 건 처음이네! 얘랑 나랑 친한데, 우리도 앞으로 잘 지내봅시다. 형제니임~! 승리하시고!"

"네...네!"

은혜에게 부끄러운 듯 수줍게 대답했다. 은혜는 쑥 스러워하는 내가 귀여운지 나를 한 번 더 보고 미소 띠며 갔다.

그로부터 두 달 후 은혜와 나는 교회가 끝나면 시차를 두고 나와 성당에서 데이트를 했다. 나는 성당에서 그녀를 기다리고 있었다. 오늘 나의 가슴은 너무도 뛰고 있었다. 처음 느끼는 사랑의 감정에 어쩔 줄 몰랐지만, 용기 내어 그녀에게 고백해보려 했다. 드디어 그녀가 왔다. 나는 벤치에 앉아있었고 그녀도 벤치에 앉았다.

"아~ 날씨 좋다."

그녀가 나에게 해맑게 이야기했다. 나는 지금이 기회다 싶었다. 많이 떨리고 쑥스러웠지만 난 입을 열었다.

"누나! 저…. 할 말이 있어요."

누나는 지체없이 뭔데? 라고 물었다.

"그러니까 누나…."

"무슨 얘긴데 뜸을 들여? 기대되는데 은근히~"

"나랑 사귀어줄래요? 아, 아니 은혜야! 나랑 사귀
자!"

아… 너무 창피했지만 난 개의치 않고 끝까지 말했
다.

"어…. 아…. 그 말이었구나."

은혜는 미소를 지었다 의미심장한 표정도 지으며
나에게 말했다. 나는 주머니에서 미리 준비한 머리핀을
그녀에게 건넸다. 그녀도 그 머리핀을 받고 예쁘다며 자
기 머리에 했다. 은혜는 거짓말같이 나의 어설픈 고백을
받아 주었던 것이다. 정말 믿어지지 않았다. 난 너무 기
쁜 나머지 나도 모르게 춤을 추었다. 교회라서 찬양 율
동을 해야 할 것 같았지만 난 서태지와 아이들의 회오리
춤과 현진영의 엉거지춤을 추었다. 이렇게 우리는 시작
하였다.

우리는 계절이 변해도 이렇게 잘 사귀며 지내고 있
었었다. 우리는 가끔 초등학교 벤치에 앉아서 이야기하

는 것도 좋아했다. 우리가 즐겨 가던 성동초등학교는 시내에서 가깝지만 참 조용하고 고즈넉해서 서로 좋아했다.

"신우야 너희 부모님은 어떤 분들이셔? 나는 가끔 우리 부모님 때문에 숨이 다 막힌다. 특히 엄마…. 너무 고지식하시거"

"권사님…? 우리 집은 그렇게 엄하진 않아."

부모님이 고지식 하다고 말하는 은혜…. 이런 표정은 처음이었다.

"그렇구나~ 그래서 그런지 너의 그런 자유분방함이 좋아 부럽기도 하고. 늦었다 들어가서 공부하자~ 너두 내 생각만 하지 말고! 호호호"

은혜는 애써 웃는 것 같았다. 그 때, 은혜의 조카가 멀리서 은혜를 부른다. 우리의 데이트 장소인 성동초등학교는 은혜의 집에서 가까웠다. 은혜는 큰오빠의 딸이 자기보다 7살이 어리다고 했다. 나보다 다섯 살이 어린 거였다. 그 조카는 큰 소리로 소리쳤다.

"고모!!! 할머니가 와서 밥 먹으래!!!" 그러자 은혜가 약간은 귀찮다는 듯 큰 소리로 답했다. "어! 알았어!!! 갈게!!!" 그러곤 나를 보면 먼저 간다고 짧게 말하고 조카에게 갔다. 나는 그런 그녀를 보면 흐뭇하게 웃음이 났다. 은혜는 조카와 티격태격하며 집으로 들어갔다.

은혜

은혜의 식구들은 저녁 식사를 위해 식탁에 앉는다. 은혜의 집은 2층의 단독 주택이다. 나무색이 많이 보이는 실내의 모습이다. 은혜도 2층에서 힘없이 내려온다. 은혜가 내려오자 어머니는 식사 기도를 하자고 하신다. 그러나 아버지는 보시던 신문을 보시고 기도는 어머니와 은혜만 한다. 아니, 은혜 어머니만 하는 거라고 해도 틀린 말은 아닐 것이다. 집안에는 십자가는 기본이고 말씀 액자, 예수님 그림 등등 누가 봐도 독실한 기독교(개신교) 집안 같아 보인다. 겉으로 보이는 어머니의 모습도 독실해 보이기는 하다. 그러나 은혜 아버지는 그런 어머니가 마음에 안 드시는 것 같아 보인다. 식기도가 끝나고 은혜는 밥을 한 숟가락 입에 넣는다.

"너 아직도 진우인지 뭔지 만나고 다니는 거니? "

이제 입에 한 숟가락의 밥만 넣었을 뿐인데 어머니는 은혜에게 쓰디쓴 반찬을 주신다. 은혜는 답을 하지 못하고 망설인다.

"너도 이제 고3이고 대학도 가야 하는데 연애나 하고 제정신이야? 특히! 믿는 집 애도 아니라고 들었다. 그만 만나는 게 좋을 거 같다."

"엄마가 신우에 대해 뭘 알아요···. 함부로 얘기...하지 말아주세요."

"뭐!? 다시 한번 얘기하는데 헤어져! 너 시험 끝날 때까지 교회도 가지 말고 공부해. 학생은 학생의 본분을 다해야 하는 거야. 그게 주님이 기뻐하시는 일이고! 이 엄마가 권사님인데 그래도 딸내미가 좋은 대학에 가야 하지 않겠어? 네 아빠도 교회 생활 열심히 안 하는데···. 엄마 체면도 생각해 줘야지!"

엄마는 아빠를 힐끔 쳐다보면서 이야기를 이어나갔다.

"너 공부 잘하는 거 교회에서 다 아는데, 연애하다가 좋은 대학 못 들어가면 그 망신 엄마가 다 어떻게 감당하라고 그래! 당장 헤어져!"

언짢은 표정으로 엄마를 바라보는 아빠다, 그러나 더는 말씀이 없으시다. 은혜를 도와줄 가족은 아무도 없는 것 같다. 은혜는 눈물이 글썽거린다.

"네…"

은혜는 그날 밤 이불을 뒤집어쓰고 하염없이 우는 일밖에 할 수 있는 것은 없었다. 그러다 지쳐 잠이 든다. 은혜는 생각한다.

'그래, 다 괜찮을거야...'

"신우 잘못이 아니야." 은혜는 나에게 이렇게 말 하였다. 믿기지 않았다. 은혜가 뭐라고 한 거지...내가 무얼 잘못 한 것인가?

'미안해⋯. 당분간 못 만날 거 같아 공부도 해야 하고⋯. 우리 엄마가 많이 걱정하셔서⋯. 우리 대학 가서 보자. 미안해 정말⋯.' 집으로 들어가는 은혜의 모습이 엄지손가락만 하게 보인다. 나는 지금 정신이 없다. 멍하다. 나는 아까 은혜에게 무슨 말을 했지...? 난, 마치 혼이 빠져나간 사람 같았다. 나에게 처음 있는 일. 첫사랑이기에 당연하겠지만 난 너무 힘들어 감당할 수가 없었다. 너무 아프다. 마음이⋯. 첫사랑은 다 끝난다고 하지만 우린 절대 안 그럴 줄 알았다. 영원할 줄 알았다. 잠시였지만⋯. 나는 그녀의 집을 등 뒤로 하고 슬픔에 찬 눈으로 계속 걷는다. 그때 내가 할 수 있는 것은⋯. 이것뿐이었다.

이해가 안 갔다. 우린 잘 맞아서 싸운 적도 없었고 주님이 보시기에 예쁘게만 사랑을 하고 있었다고 생각했는데⋯. 도대체 왜? 난 너무 답답하고 슬펐다. 늦은 밤이었지만 나는 학원에서 공부를 마치고 돌아오는 은혜를 기다리고 있었다. 저 멀리에 은혜가 보였다. 나는 복잡한 감정이었다. 우리 둘 사이의 거리는 점점 가까워졌고 은혜도 나를 알아봤다. 은혜는 나를 지나쳐 옆 골목 길로 들어갔다. 빠른 걸음으로…. 나는 은혜를 쫓아갔다.

"은혜야~ 이야기 좀…. 해."

"난 할 이야기 없어. 돌아가."

은혜의 목소리는 슬픔이 있지만 매우 냉정했다. 냉정함이 조금 더 컸다.

"나 지금…. 너무 힘들어서…. 너무…. 너무…. 살기가 힘들어…."

"못 살 게 뭐야. 나는 대학을 가야 하는 고3이야. 연애는 사치고. 그러니까 서로 힘 빼지 말자. 너 아니어도 나는 지금 머리가 깨질 것 같아."

내가 아는 은혜가 아니었다. 저건 은혜의 말투가 아니다. '뭐가 잘못된 거지? 내가 무엇을 잘못했고 내가 어떡하면 될까?' 나는 멍했다. 그리고 이러는 은혜가 밉고 슬프고…. 그냥 계속 사랑을 하고 싶었다. 은혜는 다시 나를 지나가려고 했다. 나는 은혜를 이대로 보낼 수가 없었다. 그럼 영영 못 볼 것만 같았다. 난 날 떠나려는 은혜의 손목을 꽉 잡았다. 은혜는 가던 길을 멈출 수밖에 없었다. 그러고 은혜의 어깨는 들썩들썩 흐느끼고 있었다. 난 그녀가 나를 아직도 좋아하고 있을 거라는 생각이 들었다.

"좋아하잖아. 아직 나 사랑하잖아! 은혜야~"
은혜는 울면서 내 쪽으로 돌아섰고 나를 안아줬다. 그러곤 울먹이는 목소리로 나에게 말했다.

"신우야~ 우리가 당장 할 수 있는 건 아무것도 없어. 지금은 고통스럽고 힘들겠지만, 대학만 가면 우린 다시 만날 수 있어. 그때까지만…. 그때까지만 우리 견뎌보자…. 나를…. 조금만 이해해 줬으면 좋겠어…."
우리는 서로 부둥켜안고 울었다. 그것이 우리의 마지막 만남이었고 나의 마지막 기억이었다. 수능이 끝나면 다시 전처럼 지낼 줄 알았는데…. 수능이 끝이 나고 한참이 지나도 우리는 만날 수가 없었고 지금까지도 만나지 못했다.

'나는 지금 왜 여기 있을까? 나는 그녀를 보러 온 것일까? 아니 안부를 물으러 온 것일까? 아무나 붙잡고 물어볼까? 은혜 진짜 죽었나요? 네? 아니죠? 네!' 라고...나의 머릿속은 복잡해졌다. '아– 모르겠다.' 머릿속이 너무 복잡하다. '동목이 말이 맞으면 어떡하지' '아니야 아닐꺼야!' '진짜로 교통사고로 죽었을까….' '그럼 조카일까….' 아– 괴롭다. 슬프다. 무섭다.

나는 한참을 멍하니 이곳에 서 있었던 것 같다. 아마도 내 눈은 빨개졌을지도 모른다. 내가 이런 생각을 하고 있을 때 길 건너 슈퍼에서 은혜의 어머니 나이 때로 보이시는 할머니가 휠체어에 앉아 나를 멍하니 바라보고 있는 모습이 보였다. 나는 무슨 생각이었는지 그분께 가벼운 묵례를 했다. '내가 왜 그랬지?' 특정지어 어디가 은혜와 닮았다고 이야기할 수는 없었지만, 그냥 그분은 은혜의 어머니 같아 보였다. 나는 묵례를 했지만, 그분은 아무 반응이 없었다. 어쩌면 나를 보고 계신 것이 아닐 수도 있다. 나는 그분께 말을 건네보고 싶었다. 하지만 쉽게 그분께 말을 건넬 용기가 나지 않았다. 무서웠던 걸까? 무서웠다면 뭐가 무서웠던 걸까? 그래도 이곳까지 왔고 그 옛날 그 슈퍼에 왔으니 난 용기를 내어 이 길을 건너갈 것이다. 내가 그분 쪽으로 한 발짝을 옮긴 순간 가게 안에서 한 남자가 나왔다. 50대 후반 정도의 할머니 아들로 보였다. 그럼 이 집이 은혜 집의 가게가 맞는다면 저 남성은 아마도 은혜가 말했던 나이 차이가 크게 나는 은혜의 큰 오빠일 것이다. 그렇다. 이분도 다 은혜와 닮아 보인다. 아닌가? 아. 내 머릿속이 너무 복잡하다. 그 남자분도 한쪽 다리가 불편하신지 걸음걸이가 부자연스러워 보였다. 그 남자는 휠체어에 계신 할머니를 모시고 가게 안으로 들어가려 하고 할머니는 안 들어가려고 한다.

"어머니~ 아이들 다 잘 있다잖아요~ 추우니깐 인제 그만 들어가세요."

인제 보니 할머니는 치매가 있으신 분 같아 보였다. 할머니는 그 남성을 따라 천천히 들어가신다. 그러다가 나를 한번 보신다. 나는 놀라서 바로 등을 돌렸다. 그대로 길을 걷다 슈퍼와 나의 거리가 더 멀어지기 전에 다시 한번 은혜 슈퍼를 돌아보았다. 이제 그곳엔 할머니도 남자도 없었다. 은혜도 없었다. 그때, 바지 주머니에서 무언가 울리는 기분이 들었다. 회사에서 온 두 번째 전화 진동이었다. 그것을 지금 느꼈다. 나는 지금 회사로 바로 가야 한다. 슈퍼를 뒤로하고, 은혜를 뒤로하고 평택역 쪽으로 천천히 향했다. 미소를 띠고 싶었다. 하지만 이내 눈물이 날 것 같아 애써 다시 웃고…. 그러나 결국 시야는 흐릿해졌다. 눈물이 고인 것 같았다. 나의 눈에 수분을 없애기 위해, 복잡한 생각을 없애기 위해 일부러 멀리 보이는 이정표에 초점을 맞추었다. 이게 현실에서 내가 할 수 있는, 해야 하는 유일한 행동 같았다. 이정표에 초점이 맞춰지고 '평택역'을 확인하고 시계를 다시 본 후 평택역으로 향한다. 서울행 기차를 타러, 출근을 하러…. 이곳을 떠난다.

'은혜야, 잘 지내지?'

출간후기

유효숙

글을 쓰다가 막힐 때면 손가락 끝에서 글이 국수가
락처럼 나오는 상상을 했습니다. 절로 즐거워졌습니다.
그러나그래서그리고들과 은는이가들, 이다 있다있었다
들과 눈싸움하며 지낸 한 철, 행복했습니다.

윤 슬

　서핑에 매료되어 있는 내 눈에 띈 온통 푸른빛의 포스터가 있었다. 동네 독립서점에 전시되어 있던 그 포스터를 사고 나오려는데 서점 속 '글을 쓰자 게을러도'라는 문구가 나를 잡아당겼다. 가벼운 마음으로 수업을 등록했건만 사실 끝날 때까지 제대로 된 글을 쓰지 못했다. 쉽게 생각했던 것과는 달리 말로 전하기 힘든 이야기들은 글로 쓰기도 힘들었다. 결국 끝을 보겠다며 책 쓰는 일을 시작해 펜대를 굴리다보니, 신기하게도 처음의 무겁기만 했던 마음이 한결 가벼워졌다. 밤새 한 글자씩 적어 내려가며 스스로에게 전한 무수한 위로의 말들은 가슴속에 반짝임으로 남았다.

　나의 사십춘기 이야기가 또 다른 누군가에게 위로와 설렘이 되었기를. 그리고 우리의 행복이 이 책의 끝에서 조금 더 선명해졌기를 바라며.

상그레

책 출판도 버킷리스트 중의 하나였다. 버킷리스트를 넘어 이젠 작가가 나의 직업이 되었다. 완벽한 타인에 내 책을 공개하는 것은 거리낌 없다. 가볍게 아는 지인에게 내 책을 보여주는 게 오히려 발가벗겨진 기분이다. 그만큼 솔직하게 나의 이야기를 담으려 노력했다. 나의 글을 읽고 공감하기를 바랐다. 힘들 때는 이런 감정을 느끼는 게 혼자가 아니란 사실만으로 위로가 된다. 앞으로 더욱 통찰 있는 글로 삶을 어루만지는 작가가 되길 소망한다.

필구

책을 써야겠다. 생각한 적은 단 한 번도 없었는데 정신 차려보니 출간이라니… 인생은 참 재밌는 것 같습니다. 뒤돌아보면 작은 점처럼 느껴질 이 짧은 시간을 오래도록 기억하고 싶어서 나 혼자 끄적이던 글들이 세상 밖으로 나왔습니다. 솜씨 없이 풀어낸 저의 작은 이야기가 치열한 삶에 지쳐있거나, 크고 작은 인생의 쉼표를 채우고 있는 분들에게 봄볕처럼 부드럽고 따뜻한 위로가 되었으면 좋겠습니다.

글을 읽다가 '피식' 나도 모르는 미소가 터져 나왔다면, 혹은 '뭉클'하고 코끝이 찡해졌다면 그걸로 일단 성공적인 작가 데뷔입니다.

*Special Thanks to 스텔라 & 산미구엘

장세미

　그냥 하면 되지 않을까? 라는 생각과 다르게 글쓰기는 꽤 어려운 일이었다. 타이밍 나쁘게도 갑자기 바빠진 회사생활 속에서 허덕이며 썼기에 결과에 대한 아쉬움도 있지만, 이 새로운 경험을 통해 많은 것을 선물 받았다. 창작의 기쁨이란 것을 살짝 시식해보았다는 느낌이다. 첫술에 배부르랴 앞으로 더 다양하게 맛보고 요리하고 싶다. 막연하게 쓰고 싶다는 바람을 이루게 도와주신 작가님들께 감사드린다. 배움이 많아 정말 행복한 시간이었다. 앞으로도 쓰는 인간으로 살고 싶다.

김종민

이야기를 글로 만든다는 건 참으로 어려운 일이자 재미있고 매력적인 일 같습니다. 특히 소설이라는 장르는 더 그런 것 같아요. 어렵고 힘든 시간이었지만 매력이 있어 한 달 동안 매일 글을 쓸 수가 있었습니다. '내가 떠나보낸 것도 아닌데 내가 떠나온 것도 아닌데….' 가수 김광석 님의 노래 중 '서른 즈음에'에 이런 가사가 나옵니다. 이 가사가 글을 쓰는 동안 제 머릿속에서 가장 많이 생각났었습니다.

우리 조금 더 행복해져도 될 것 같은데,

초판 1쇄 발행 2021년 3월 11일

지은이   유효숙 • 윤슬 • 상그레 • 필구 • 장세미 • 김종민

발행처   키효북스

펴낸이   김한솔이

디자인   김효섭

주 소   인천시 부평구 부평대로 165번길 26, 1층 출판스튜디오 쓰는하루(21364)

이메일   two_hs@naver.com

블로그   https://blog.naver.com/two_hs

인스타그램   @writing_day_

ISBN 979-11-91477-01-6

· 이 책은 저작권법에 따라 보호받는 저작물이므로 무단 전재와 무단 복제를 금합니다.
· 책값은 뒤표지에 있습니다.
· 이 도서의 국립중앙도서관 출판예정도서목록(CIP)은 서지정보유통지원시스템 홈페이지 (http://seoji.nl.go.kr)와 국가자료공동목록시스템(http://www.nl.go.kr/kolisnet)에서 이용하실 수 있습니다.